浙江省作家协会 编

雪孩

2017浙江文学内刊百家联盟
精短小说征文集

浙江工商大学出版社
ZHEJIANG GONGSHANG UNIVERSITY PRESS

图书在版编目(CIP)数据

雪孩 / 浙江省作家协会编. —杭州 ：浙江工商大学出版社，2017.11

ISBN 978-7-5178-2429-9

Ⅰ. ①雪… Ⅱ. ①浙… Ⅲ. ①短篇小说－小说集－中国－当代 Ⅳ. ①I247.7

中国版本图书馆 CIP 数据核字(2017)第 266927 号

雪　孩

浙江省作家协会 编

图书策划	杭州万事利丝路文化创意有限公司
策划编辑	任晓燕
责任编辑	王　耀　白小平
封面设计	林朦朦
责任印制	包建辉
出版发行	浙江工商大学出版社 (杭州市教工路 198 号　邮政编码 310012) (E-mail:zjgsupress@163.com) (网址:http://www.zjgsupress.com) 电话:0571-88904980,88831806(传真)
排　　版	杭州朝曦图文设计有限公司
印　　刷	杭州恒力通印务有限公司
开　　本	880mm×1230mm　1/32
印　　张	7.75
字　　数	138 千
版 印 次	2017 年 11 月第 1 版　2017 年 11 月第 1 次印刷
书　　号	ISBN 978-7-5178-2429-9
定　　价	28.00 元

目　录

雪　孩

谢志强

一

不用叫，天刚蒙蒙亮，儿子就起床，拿上凉馍，背起书包，上学，不是走，而是跑。生怕迟到了。

这一点，让我省心。我对儿子他爹说：多像你说的故事里的雪孩，趁太阳出来之前往回跑。

可是，儿子他爹挨了批斗。不久，儿子就赖床了，头蒙在被窝里。我催儿子：太阳晒到屁股了，赶紧上学。

儿子似乎畏惧学校了。他拖拖拉拉，很不情愿。有一天，我发现他的身上有沙漠的气息，还在他的头发上看见了沙子。我说：你逃学了。

于是，他说起雪孩。不是他爹故事里的雪孩，而是现实里的雪孩，班里进来一个插班同学，儿子给他起了个绰号：雪孩。

据儿子说，这个同学长得又白又胖，只是跟班上的男生玩不到一块儿，同学不愿跟他玩。他的爸爸进了“牛棚”（那年月，一不留神就成了牛鬼蛇神）。大概是同病相怜吧，儿子跟他形影不离，一起旷课，一定是儿子模仿他爹说的故事里的雪孩：朝着月光的方向奔跑，那里是塔克拉玛干沙漠。

儿子说：同学欺负雪孩。

我说：可以告诉老师啊。

儿子说：告了状，欺负得更厉害啦。

我说：大人归大人，小孩归小孩，大人出事，小孩不能欺负小孩，我跟你们老师去说说。

儿子说：我们的事儿，你别多插手，我再也不旷课了还不行吗？

随后，儿子差不多每天把雪孩挂在嘴上，还拿出一块橡皮擦，让我闻一闻（是什么花香？）。儿子说：这是雪孩送给我的橡皮擦。

我说：不能随便要别人的东西。

儿子说：大家都不跟雪孩玩，我要保护他。

我笑了。儿子又瘦又矮，上课坐第一排，排队站头一个，泥菩萨过河——自身难保，还有能耐保护比他大的同学？

儿子挥一挥稚嫩的拳头，说：人不犯我，我不犯人，人要犯我，我必犯人。

我在儿子身上看见了他爹的影子。我说：要文斗，不要武斗。

◎雪孩

儿子舍不得用橡皮擦，总是拿到鼻子前闻一闻，吸一吸鼻子。橡皮擦的香气要被他吸光了吧？

有一天，儿子说：雪孩出洋相了。

我说：看你幸灾乐祸的样子。

他说：我没有幸灾乐祸，我悄悄地给他提示答案。

我说：就你要小聪明？你回头了？你自己学习不咋样，还给别人提示？

雪孩的课桌，在他后面。雪孩上课开小差，瞅窗外树上的一只麻雀，岳老师课堂提问，点了他的名，他回答不上来。雪孩的耳朵特灵，收听到我的提示。儿子又说：老师还嫌我多嘴。雪孩上课老是注意力不集中，脑子开小差。

我说：你可不要跟他学。

儿子做出一个端正姿势，说：我在“鬼子”炮楼下边，咋敢随便动。

我说：老师站在讲台上，你这个比喻不对，你要学好。

儿子他爹享受一种待遇，晚上可以不睡在“牛棚”里，他打呼噜像开炮。他爹平时不大吭声。这时，他瞪了儿子一眼，说：好好学习，天天向上。

儿子嘀咕一句，扫兴地说：人家脑子又没开小差，我说别人，你动不动就落到我头上，真没意思。

我鼓励他，说：我的儿子学习多好，还向别人通风报信呢。

儿子委屈地学我的腔调，瞅着他爹说：还管我呢，泥菩萨过河——自身难保。

我说：不能这样说你爹。

每天早晨，我一遍一遍催儿子起床。儿子像故事里正在融化的雪孩，他突然上学不积极，可能是他爹的影响出现在学校了，雪孩不也是受了爸爸的影响，在学校抬不起头吗？连参加红小兵的资格也没有。

终于，儿子放学归来晚了，已过了晚饭的时间，他背着书包，头发沾着树叶。我说：你又逃学了。

儿子说：你咋老是冤枉我？是雪孩挨斗了。

雪孩说了一句“要变天了”。同学联系到雪孩的爸爸家庭成分，抓住一句话，进行了一场批判，说他妄图复辟资本主义——变天。

我说：小孩怎么模仿起大人了？又不是什么好玩的事情。

屋里没开灯，儿子他爹坐在夜色里抽莫合烟，他的身体里有战争年代留下的枪伤和弹片，逢了阴天就疼痛，像气象站，他说出一句：弄不好天真要下大雨，我这腰疼了，头疼了。小孩懂个屁，天气咋能和政治扯到一起？

儿子说：我也揭发批判了，故意扯些鸡毛蒜皮占用同学们的时间,我要保护雪孩。

儿子他爹不作声,他爹挨斗后,打土坯,累得他夜里睡觉直打呼噜。儿子说:爸爸打呼噜像打雷。

儿子沉浸在保护雪孩的角色里,一副英雄的姿势。他重复了三遍雪孩挨斗的情景,只不过,细节略有差异。第三遍,他说:雪孩站在教室的讲台上,低着头,还给我送了个眼色,我觉得雪孩在口号声中满脸流汗,像在融化,我就跳上去,揭发批判,占用时间,占用别人批判的时间。

我觉得莫名其妙,仿佛这两个小孩,趁着夜色,一起向太阳升起的方向奔跑。我说:亏你想得出?

儿子得意地说:同学们还说我表现好,反戈一击,站到革命这一边了呢。

大"礼拜天"(农场 10 天休息一次),太阳还没出来,儿子就出门,声称约了雪孩一起进树林掏鸟蛋。

半上午,岳老师突然来家访。儿子他爹仍旧在土坯场上打土坯(牛鬼蛇神不休息)。岳老师问起我儿子在家的表现。

我说:这些日子,不知咋了,就是爱睡懒觉,像睡不够,以前,不用叫,天没亮就往学校跑。

岳老师说:这孩子,近来,有点孤僻,不合群,还旷课过几次,我叫他带过字条,捎过话,想约个家长在的时间来家拜访。

我儿子一定销毁了字条。我说:说他孤僻,他最近和班里一个同学相处不错,今天又约了一起去玩了。

岳老师说:一个同学?叫什么名字?

我说:只知绰号叫雪孩,还是个中途插班生。

岳老师疑惑,说:你儿子总是独来独往的呀,这个学期没进过插班生。

我提及三天前雪孩挨斗的事情。我还描述:一个白白胖胖的小男孩,有一次上课,脑子还开小差,老师您提问,还是我儿子给他提示。

岳老师笑了,说:你儿子想象力不错,想象出一个不存在的同学,看不见的小伙伴。有香味的橡皮擦是用东西跟同桌的女同学换来的,他舍不得用。

我脑子里浮现出雪孩的形象,难道儿子将父亲故事里的雪孩拽进了现实里,有了个小伙伴?那么,天气预报——批判会的导火索?儿子把雪孩说得活灵活现。

岳老师制止了学生自发进行的批判会。课后,她单独跟我儿子谈话,我儿子只是流泪,什么话也不说。

我想到儿子的话——雪孩在口号声中像在融化。我想象儿子站在台上,接受批判,那时候,他想象被批判的不是他,而是隐形的雪孩。我顿时醒悟,儿子一定观察到他爹对未来天气的敏感反应:

身体里边作痛。

我说:我家老头子,身体像个气象站,比农场的气象站预报还准确。

岳老师说:这孩子,在学校,可能有了一次显示能耐的机会,农场气象站预报晴天,他却说要变天了,第二天果然下了暴雨。批判他的同学,还对他另眼相看呢。

我对岳老师说起那个雪孩的故事。我担心儿子灵魂出了问题,希望像雪孩融化那样,现实里,儿子也能消除幻觉。就像橡皮擦,擦掉错别字那样,擦掉儿子想象的雪孩。

岳老师说:小孩的事儿,慢慢来,暂时不能挑明,就像梦游,一下子打断,可能精神受不了。

傍晚,儿子归来。帽子里垫着一个鸟窝,窝里有十几个麻雀蛋。他说:我比雪孩掏得多,这一回他不如我。

我说:什么时候,你带了雪孩来?妈给你们做一顿羊肉拉条子。

儿子说:雪孩怕生,他不随便吃人家的东西。

我要煮麻雀蛋,让儿子享受劳动成果。

儿子把鸟窝放进被窝里,说:我和雪孩比赛,看谁先孵出小麻雀。

我笑了,说:你晚上睡觉不老实,翻个身,不就压碎了?

儿子说:我会警惕……一定要孵出小麻雀。

沙漠地带,昼夜温差大。半夜,我起来,给儿子盖被子,发现他蜷曲着身子,而鸟窝就在他的侧身内,像图片里胎儿在孕妇腹中的姿势。

儿子他爹的呼噜像拖拉机熄火。我说:你那个故事把儿子害成啥样了?

儿子他爹说:怪我,牵连了儿子,但不能怪故事。

我悄悄说:你好好表现,早日解放出来,儿子在学校也好过。

他说:帽子拿在造反派手里,戴上,摘掉,就像感冒,吃不吃药,到了一定时间自然就好。

我发愁,儿子沉浸在幻觉里,而且,雪孩已经成了儿子的一个幌子。那个雪孩,什么时候能融化?

他爹的呼噜像晴天霹雳。我听得提心吊胆,仿佛要出什么事!我推一推他,他稍一转身,呼噜声又继续响起——他累了。

我看着窗外,有月亮,那么近,在沙枣树梢上边。这个时辰,故事里的雪孩,正趁着夜色,奔向沙漠,那是太阳升起的方向。

清晨,东方吐出一片红,他爹早起上土坯场去了,有定额,完不成,要受罚。不用催,儿子起床,他说:别动我的被窝。

儿子背着书包上学。我望着他走出连队的背影,书包像他爹的大手掌,一起一落,拍打着他的屁股。

我揭开被子，发现儿子尿床了，他可能过于紧张了吧？我把褥子晾到门前绷的铁丝上，不规则的尿像一幅地图，猛一看，像塔克拉玛干沙漠。我用被子捂住鸟窝。被子里留着儿子暖暖的体温。我真希望，小麻雀破壳而出。

二

在土坯场，我帮爸爸打土坯，爸爸奖赏我——爸爸这个老垦荒者给我讲了一个垦荒的故事。他用故事奖赏我帮他码土坯。他讲这个故事的时候，眼睛会像星星一样一亮一闪。他说：小男孩的尿有力道。

好多年以前，爸爸那个连队放下枪杆子，拿起坎土曼，在塔克拉玛干沙漠边缘屯垦戍边。一个连队，都是清一色的男人。荒原无遮无拦，热得不行，连裤衩也不穿了。爸爸说，最多的一天，他开垦两亩荒地。

连长说：谁开荒最多，奖励一个老婆。

其实，连个女人的影子也没有（我说，那是男人国吧？）。有一天，不知从哪冒出个小男孩。

小男孩又白又胖，像个雪球。很可爱。问他从哪儿来，到哪儿去，他摇头。问他爸爸在哪儿，妈妈在哪儿，他也摇头。

说不定，小男孩的爸爸妈妈带着他穿越沙漠，一阵昏天黑地的沙暴吹散了他们。或许小男孩贪玩，走着走着迷了路，找不到家了。（我想起孙悟空，插了句嘴，说："是从石头里蹦出来的吧？"）

可是，附近方圆几十公里，十分荒凉，并没有人家。小男孩的表情，一点也看不出失散了爹娘的样子。

整个连队乐得像开了锅，收留了小男孩。宣称他是我们连队的儿子，还起了个名字叫雪孩，好像是雪山来的孩子，皮肤又白又嫩。爸爸说亲一口，有点凉。

开垦了那么多荒原，发现缺水。沙漠边缘垦荒，不靠天，而是靠雪山融化的水。大家犯了愁，怎么引水浇灌开垦出的土地？沙性土壤特别能吃水。

整个冬天，就挖渠，朝着遥远的雪山方向挖。

小男孩喜欢跟我爸爸睡——那时，我还没出生呢。可是，我还是想，那时我在哪里？我多么希望能跟雪孩一起玩。

爸爸说：这雪孩，睡一晚上，被窝也焐不热。我爸爸年轻，火气旺，可是，雪孩像一块冰，奇怪的是，那么冷，雪孩还出了汗。

雪孩说：热。

有时候，爸爸担心会把雪孩焐化了。

冬天，下了一场雪，雪孩像过年一样高兴得不得了，在雪地里打滚。沾了一身雪，仿佛一下子长胖了。（我试过，雪贴在脸上，一会儿就融化了。)

连队里,所有人都喜欢雪孩。雪孩怕被抱起亲。一大堆胡子拉碴的嘴巴,争着亲一亲雪孩的脸,他转着脸躲避叫:扎疼了,扎疼了。

爸爸说:叔叔们都自觉地刮胡子,还让雪孩验收。

大家都担心有一天雪孩的爹娘找来了,可是,始终没人找来。雪孩似乎也不想爹娘。谁抱起他,要他叫爸爸,他就叫。

妈妈呢?

连长总是说:快来了。

总不能让一大批“光棍”开垦出绿洲,却没女人吧?

开春,雪山融化的雪水,顺着渠道,流进了开垦出的土地。种子拱出了绿芽。不过,雪水还是不够土地吃。

沙漠刮来的风,又干又热,像哈出的热气。白天,太阳像个火球,晒得地上发烫,烫得简直可以煨熟鸡蛋。

雪孩待在地窝子里,不肯出去。他一出去,浑身就颤抖,像风中的树。他说:冷。

父亲以为雪孩生了什么病。那么热,他嫌冷?出了地窝子,太阳下边,雪孩一头一头地出汗。

雪孩一下子瘦多了。可是,在地窝子里,雪孩活蹦乱跳。地窝子里的大人就不催他出去。太阳太毒,雪孩太嫩。那小脸蛋,胡茬一扎，就扎出水来呢。水汪汪的雪孩，和父亲睡在一个地铺上，像放了一块冰，父亲睡得很舒坦。

一天半夜，爸爸苏醒——他习惯了雪孩陪伴，却发现雪孩那半边床铺空着。爸爸被热醒了，雪孩不在了。是不是白天闷在地窝子里，晚上凉快，雪孩出去玩了？

田野笼罩着夜色，黑得朦胧。爸爸看不清有移动的身影，就喊雪孩。沉睡的大地，声音传出去，远处的沙漠吸收了声音，不把声音还回来。

整个连队的人都醒了，迷迷糊糊走出地窝子。空旷辽阔的田野，到处都是“雪孩、雪孩、雪孩”，只有声音没有身影。远远近近，是马灯在挪动，好像星星落在地上在游走。

全连的战士，像失去自己的孩子那样难受。起码，要走也该招呼一声吧？一点先兆也看不出。

躺下不久，天就亮了。地平线——沙漠尽头，一轮火球慢慢腾起。

一股风，携带着沙漠的气息，吹进地窝子。门口一暗一亮，雪孩进来了。

爸爸抱起雪孩，说：我们以为你不要我们呢。

雪孩一身的沙尘，像雪球在沙地上滚过了。

爸爸给雪孩洗了把脸，示意大家不要追问。因为，大人有大人的秘密,小孩有小孩的秘密。雪孩愿意说,就会说,不愿说,挖出了秘密,雪孩就不会这么亲密了。(怪不得爸爸不问我原因,可是,我有什么事儿,妈妈都会刨根问底,没完没了,我最厌烦妈妈这样。)

大家过来亲雪孩,亲一口,像尝什么美味的果实一样,说:好凉快。

爸爸说:刮掉胡子再亲,你们这样,会把他亲破呢。

好像一夜很漫长,所有的胡子都蓬勃生长。大家纷纷抗议,说:雪孩是连队所有人的孩子。

大家要求雪孩叫爸爸。雪孩对每个人叫爸爸。要是“爸爸”这个名词是指所有的男人,那么,“叔叔”这个名字就是指特定的一个男人:爸爸。雪孩不知道人类发明“爸爸”这个名词的限制。

爸爸在战争年代,曾当过侦察兵。他要去发现夜晚雪孩的行踪。被窝一热,他立刻苏醒。

爸爸悄悄跟踪雪孩。雪孩在夜色的大地上奔跑,朝着太阳升起的方向——沙漠。难道雪孩发现了沙漠里的宝藏?

雪孩进入了沙漠,就停住了,竟然尿尿。月光映照出那细长的尿线。

爸爸好奇:一泡尿,也用不着跑到沙漠里来尿呀,这孩子。

一连数日,雪孩都这样,在沙漠里尿了一泡长长的尿,又在沙丘爬上滚下,玩一会儿,总会在太阳还没露脸前跑回地窝子。

这小子,在沙漠里做记号吧?有一天,爸爸顶着烈日,沿着雪孩奔跑的路线,进沙漠,看个究竟。他吃惊了:雪孩尿过尿的地方,一片一片的绿。是雪孩把沙漠尿绿了。(后来,我也做过一个梦,把沙漠梦绿了。我还非常得意,大人们费了那么长时间,用了那么多力气,还不如我随便做一个梦,梦绿的沙漠,比大人们开垦的绿洲大好几倍呢。)

爸爸记得最后一个夜晚,他追随着雪孩,保持着可以望见身影的距离。雪孩跑得更远了——越过尿绿的那片沙漠。雪孩那泡尿特别长,尿个没完,尿得爸爸也有了尿意。

爸爸不能惊动雪孩。雪孩一定是在梦游,梦游的人一旦被惊醒,会吓坏呢。

地平线上一片嫩红,雪孩还在尿。尿到的地方,沙地绿了。这小子,想用自己的尿来改变沙漠。(我也把我的梦向同学炫耀,还发誓要进沙漠去证实,却被爸爸阻止了,我拜托过羊倌:碰上沙漠上的绿洲,告诉我一下,证明我没吹牛。)

太阳一出来,雪孩欲往回跑——一回头,看见了我爸爸,雪孩愣住不动了,像被吓得尿裤子的小孩。(爸爸发现了他的秘密。爸爸对我说,他很后悔。)

雪孩在一点点缩小、融化。他融化在所在的沙地,沙地喷出细细亮亮的一股水。雪孩完全消失的时候,他所在的地方涌出泉水。

爸爸根本来不及背起雪孩往回跑。雪孩,像一尊雪人晒了大太阳——融化了。连队里,唯有父亲知道雪孩的秘密:趁着夜色奔向沙漠,尿一泡尿,又在太阳升起之前,赶回连队的地窝子。

那泡尿,尿得那么长。

爸爸回口内跟我妈妈结婚,有了我。我来到垦荒的地方,已是绿洲——农场。爸爸带我去沙漠里的绿洲,那是雪孩尿绿的地方,一眼泉,泉前立着一个石碑:雪孩泉。

我模仿爸爸讲的故事里的雪孩,冲着沙漠尿了一泡尿,自以为加浓或拓展了雪孩尿出的绿,我很自豪、很得意。现在的绿洲,一点也看不出曾是荒漠的影子。

还有更精彩的故事,比如战争故事(他身上的伤痕就是故事的引子),爸爸却不愿讲——故事会惹麻烦吧?爸爸的战友,也不说打仗的故事。爸爸还没说过,就挨斗了。

我胆子小,担心碰上危险、恐怖的事儿,比如,爸爸莫名其妙挨斗,我就像雪孩那样缩小缩小。幸亏没缩得看不见。妈妈喊魂,又把我喊大了。爸爸说:你要是上战场,一定尿裤子。

妈妈说:你打仗还没打够呀,叫孩子跟你吃苦头?

作者简介：

谢志强，中国作家协会会员，浙江省作家协会全委会委员、特约研究员。迄今已发表小小说近2000篇，出版专著23部，90余次获奖，500余篇入选各类选刊、选本，40余篇被10余个国家译介。

芳　邻

张玲玲

一

我看见她拎着一只银色保温袋出了楼，向小区中央的游泳池走去。夏季的傍晚正在走向末路，她黑色花苞的裙子很快就消失在了一片深重的绿色浓荫里。

我站在窗口，把窗帘拉上，脱掉身上汗涔涔的旧T恤，换上裙子，准备去接女儿小瞳。和外面明亮过曝的景色相比，眼下我身处的房间显然混乱无度：到处都是彩条袜子和细绒玩具，收下来没有叠好的衣服，都扔在床脚的藏蓝色宜家托斯卡单人沙发上，灰尘、婴儿润肤乳以及汗水混合在一起，令人透不过气。无论什么时候的光线照进来都和当下一模一样。

幼儿园下课时间是三点半，但通常我都会拖延半小时再过去，等她先出门，以避免那些无谓尴尬的聊天。但今天我想找她聊聊。

昨天傍晚，我们在最意外的地方遇到，却没有说一句话。

二

我们差不多是三年前搬进这座位于城市西南角的小区的。她比我晚半年。最早注意到她，是因为一张忽然出现在公共电梯门上的A4纸大小的致歉声明，标准宋体，行间距1.5倍，格式措辞都很妥帖，落款是性别难辨的“卢毅”，难免叫人想象纸张主人究竟什么模样。这种做法显得过于文雅。之前住在16楼的年轻情侣装修新房，不但敲坏了水电间的锁，且当时只要一进入电梯，就可以看见四处散落的水泥和电线。每天早晨八点，电钻声准时响起，清扰众人的睡眠。但是每个人都忍耐着，都习以为常，都假装听不见。我们都以为下一个邻居也是一样。家伟说，想必有麻烦。到了第二天中午，她带着女儿糖糖主动敲门送上一袋手工饼干，先自我介绍，而后以诚恳歉然的神色表示要打扰一段时间。这再度加深了我们此前的判断，但叫人没法责备。

这是我们第一次见面。她比我高约三厘米，脸庞是一种温润的圆形，眼睛里充满一种永恒的善意和热忱，从头发到脚趾都收拾得很仔细，很难用轻薄的漂亮去形容。而我从吃到第一口饼干起，便知道自己拥有一个手艺绝佳的邻居。

装修过程很平静，卢毅的致歉和举止未免太西式。我们虽然

◎芳　邻

住在一个建筑样式美观的小区里面，模仿一种中产阶级的生活，物业甚至会定期送来带着小区标识的垃圾袋。但是我们距离真正的中产分明还有一些距离。小区坐落在城市最不起眼的角落，但购买它也足以耗光我们所有积蓄。我们的衰落和贫穷是被比较出来的衰落和贫穷，不是底层式的一无所有式的贫穷，而是能力跟不上欲望的贫穷。璀璨的物质主义天空在我们头顶上星光熠熠，照见我们的窘迫之外，却与我们无关，只能抬头看。卢毅践行的某一类合乎标准的礼仪凌驾在我们之上，这是一种谦逊下的冒犯。

第一次的不满来自邻居聚会。她住进来不到三个月，便主动做东组织了一场小型的邻居聚会，邀请了七八户邻居。聚餐设在一个别墅区里面，那是她丈夫工作的地方(我们见过周末的时候他将糖糖架在自己身上，但多数时间不见踪影)，提供户外烧烤以及酒水蛋糕。在棋牌室、影音室一应俱全的别墅里面，大家拘谨地吃着餐席，不自觉地流露出谄媚讨好的神色，连 1801 室的女药剂师也一改往日福尔马林式的笑容。而卢毅则俨然是女主人的姿态——虽然这间屋子，也并不属于她。用餐完毕，我们参观了大理石桌子、岛型厨房以及实木墙饰，设计师呈现了一个中产阶级的理想生活究竟应该是什么模样：有宠物、丈夫和孩子，有高挑的石膏线、柚木地板和壁炉，墙壁上镶着鹿头和艺术复刻品。一切都是电影样板房和杂志的仿制，按照前人提供的面包屑或者浮标、足迹搭建起来。但我们还是维持着骄傲和尊严，不去询价，只谈论美感。

无论怎么看，这都是一次颇为古怪的聚会，表面上亲密和睦，内在却紧张窘迫。

“是要打算把房子卖给我们吗？一千万也还好算什么意思？”那天，在小区的秋千架下面，1603 室的主妇开始问我。我笑笑没说话。

但其实我们的矛盾也在加剧。我们所在的 17 层，因为少建造一间屋子，所以多出一个露台。当时和家伟之所以一眼看上，也是露台的原因，你几乎可以想象自己种了一片花园，和图片上一样。但是大半年过去了，用来吸甲醛的鹅掌楸和发财树都已经快死掉，只能悻悻地将它们搬到露台，希望倚靠一点阳光露水能够起死回生，结果只是让其更快委顿枯竭。露台变成了植物的墓地后，18 楼的老太太们开始用泡沫纸箱种茄子和紫苏，但是养得七零八落。小孩子的便溺用作肥料，露台便整天散发着臭烘烘的气息，连出去晒衣服也叫人觉得没什么趣味。

卢毅到来之后，更改了栽种方式的同时也改变了露台的样貌。番茄和辣椒的绿色，几乎渗入露台墙砖，呈现出真正健康的植株该生长出来的模样。我摘了一些番茄做番茄蛋汤给家伟吃，他起先说太酸，很快又叫着说，这是从前的味道，我告诉他，之前种的番茄终于长出来了。

难得的赞美调谐了我们的关系。第二天我主动拜访卢毅，表示自己想学着做蛋糕，其实只是想找她聊聊天，挽回一点之前的轻慢姿态。整个烘焙操作过程我都有些手忙脚乱，以致从模具倒出来之后，蛋糕塌陷了下去，按照戚风蛋糕的标准，显然失败。她坚持要把自己烤好的给我，说自己一定是某个程序指导失误，我没再推辞，语气充满感激，直到我们聊起了各自的女儿。

“每本绘本都读三四遍，差不多有一百多本了。”卢毅又补充说，“多的要读几十遍。”

“不会厌烦吗?”我问。

“肯定会嘛。”卢毅开始在晾凉的戚风蛋糕上涂抹打发好的奶油，“不过糖糖就这个脾气，没有办法。她要你读，你只能读，这点和她爸爸很像。但她现在可以自己读些东西了。”

小瞳比糖糖大三个月，但是几乎还不认识什么字。我忽然想起来，自己通常只是打开一部动画片给小瞳看一下。虽然每次下定决心，要读一章故事给她，但是没一会儿就觉得难以为继。我感觉到一种难堪，好在此刻蛋糕已经烤好。

小瞳不肯吃晚饭，非要拿一块蛋糕坐在电视机前面看电视剧。我生气起来，关掉了电视机，她没抗辩，只是要求留一部分蛋糕做第二天的午餐。“你做的吗？妈妈太棒了。”

她夸起来倒是诚心诚意，而我则觉得窃取了旁人的荣光。我开始意识到，虽然我们并不愿主动说出来，但是每个人都知道，每个人都对她有着深层的不满和厌烦——我们不要突如其来的烤风琴鱿鱼，不需要客套精致的聚会，不需要亲手烘焙的甜点，我们的私人生活不需要被侵入。她的温存、细致和耐心，都在用来提点我们的不堪与不合格。我们已经足够狼狈踉跄，为什么她不能意识到呢？

三

我是怀孕之后辞的职。本来只是想短期休憩，却成了一次漫长得无法预计的停顿。但车贷房贷都还拖欠着，永远还不完。主妇们聚在一起，无非抱怨牢骚，即便知道无济于事。我最想听卢毅跑过来抱怨。但是她抱怨起来则是："结婚纪念日送一只包，等到生日，又送一只。女人天生就喜欢包？我看不一定。那么贵。这么一说，下次就变成了送按摩椅。男人就是不知道变通。"

按摩椅？家伟结婚后连商场派赠的优惠券也没送过，除了洗护用品，每一次单位组织健身活动，他懒散跑完一圈领完沐浴产品回家。她生活在我们的对立面，但明明又是一种更高生活的暗示——几个邻居还是买走了她推荐的"最适合母婴"的空气净化器，包括了卡卡和托尼的母亲。

如果看不见倒也还好，困难在于总是每天遇见。所有场合，她似乎都无处不在。从小区门口的早教机构换成澳美幼儿园也是因为她。澳美幼儿园提供双语教育。因地段偏僻，这里能够提供双语教育的幼儿园并不多。早教机构的蒙氏教育也不是不好，但再是“自由”“宽容”也得在大家都差不多的基础上。小瞳班级的老师，连拍照片都会漏去小瞳，她的眼眉、性格、智力太平凡了，和她父母一样，我们能指望小瞳有什么超越？一想起小瞳问起消失的朋友在哪里，而她还得挤在公办幼儿园里被一再忽视，我都会充满自责。

与家伟商议许久后，他终于同意让小瞳进澳美幼儿园。但我一直刻意避免在接送路上和卢毅相遇。

晚餐后家伟又开始谈论学费。我站在厨房里面洗碗，忍耐着听他抱怨完，宣布要回去继续工作。他愕然说：“那小瞳怎么办？”我说：“她八点上课，五点半才放学，接送应该来得及。”家伟说：“现在又不是养不起你们。”

我不去辩驳，将用来做桌布的脏报纸叠起来扔进垃圾堆：“当时也只是说做个临时主妇，小瞳已经上学这么久了，是时候回去了。”

“想一出是一出。那你看着办吧。”家伟坐回沙发，打开平板电脑，开始玩扫雷游戏。他每天晚饭后都会玩一段时间，如果有球赛的话，会看一两个小时的球赛。我知道他虽然面有愠色，却不算反对，他默认同意是觉得我做不到，但无论如何，也是种许可。我决定不去计较话里面的讽刺意味，将桌子抹干净，心情也明快了起来。

四

我找了一家看起来创办没多久的公司投了简历，几天之后他们叫我去面试。但整个过程不算顺利，和社会脱节良久，对于 HR 的提问，我显得有些茫然，甚至无法交代自己为何出现职业上的断层。出门之后，我从玻璃门外瞥见 HR 把我的简历扔到一边，似乎希望渺茫。试了两三家，结果大同小异。但如果告诉家伟，他多半会觉得高兴。

生活里会有一些让你心存侥幸的时刻，只是很快会荡然无存。面试失败之后，我更想去找达生睡觉。我们打车拼车的时候认识，两人在车里聊了起来，相互加了微信。他不是本地人，从口音来看，应该比我更加南方一些。我们在他租来的房子里面已经约会了一年半的时间。这个位于四楼的房子租自一个台湾老太太，她跟着长子到了大陆买下房子，但对大陆生活始终无法习惯，多数时间还是居住在台湾。房屋空置可惜，便租了出去。达生公司在附近，步行只要十多分钟。他眼睛漂亮，笑起来讨人喜欢，轻微洁癖，热衷整理，从来不谈论过去和情史。我始终觉得他过着一种朝不保夕的生活，这种朝不保夕却并非经济上的。我们的关系也是。

我们在一起的时候，多数时间都是我在谈论自己，或者仅仅睡觉罢了。起先在一起的时候，两人还有激情四射的部分，但是一旦考虑到将来，各自都开始露出胆怯。我逐渐意识到自己的偷情和普通的偷情并没有区别，美感褪色之后都是遍地狼藉。一天我提到了自己有一个很厉害的新邻居。“怎么厉害法？”他问。“样样都厉害。”“那你可以学学她，做个贤良主妇。”达生说，“不要老是和我厮混在一起。”

我有点不高兴，推开了他，他盯着屏幕里面的综艺主持人说：“说到底，成天在这边看电视和睡觉像什么呢。”

晚上睡觉的时候，他还是坚持要用避孕套。我哀求了一阵，说没关系，还是安全期，他停顿了一下，说，那不行，万一有了就很麻烦。我们僵持了一会儿，他松懈了下来，两人情欲同时消失，他也生气了。“这样不是办法啊。”我说。他表情有些不大对劲：“要是觉得不开心，就分开好了。”

我们此刻处在某种危险的临界点上，如果我再稍微朝前走一步，一切即碎，我沉默着，他忽然态度缓和起来，站起身走到厨房，给我倒了一杯水。喝完水，我们又抱在了一起。对于将来的探讨多半会是这样无疾而终的收场，我们都有些习以为常。

我说：“最近打算重新去工作了，还去面试了。”他说：“一直在家里人会变傻的。”我说：“是个创业公司，变动性很大，工作时间也不会很固定。”我想暗示面试多半会以失败告终，但是也许会带来一些改变，例如我们的约会。达生却没任何反应，我对他说，又像是对自己说道：“不管怎么说，试试也好。”他依旧无动于衷，走出了房门，带走了那杯水。此时我忽然想起了家伟的脸。

我们迟早会完蛋，我想，虽然眼下还不是时候。

没法再继续了。我穿好衣服，准备回家。这间房间在午后看起来陈旧破烂，和我自己的那间无比相似。我对于一切都沮丧透顶，对于未来提不起精神。容貌和体力都在衰退，婚姻和情感也在走下坡路，在哪一段关系和阶段里面都这样。四面触壁，无从收拾。而我也想不出自己刚刚怎么会愚蠢到想生出一个孩子来维持这段法外关系。但达生没再提分手的话，只仔细帮我把手袋收拾好，并坚持送我到楼下。

到了一楼，一个女人忽然从一个房间走出来，手里提着一个墨绿色带标志的垃圾袋，我对整个袋子不能再熟悉了，而我对于她也不能再熟悉了，我曾经无数次站在窗户后面看着她的背影，祈祷自己不要遇见。但是在这样的场合，这样的情境之下，相遇似乎无可避免。我知道她看见了我，但是她装作没有，依旧向着大门走去。我们距离不远，我就站在她背后，看见她以往梳到耳后的整齐的头发此刻垂了下来，虽然只是几缕，却泄露了她的秘密——脖颈发红，汗珠细密——一切都在显示她刚刚经历过一段情事。但我们谁都没说话。我踌躇着要不要去打招呼，在机会消失之前制造一次偶遇事件，她低着头，推开铁门，快步走到垃圾桶边，扔掉了垃圾。

机会丧失了。她和过去一样，消失在道路两旁巨大的浓荫里面。我在铁门外停了下来。达生穿着拖鞋站在我身侧，手里拎着我的包。她也在老去。我忽然松了一口气，想着所有的差距和不平等，都将因为自己目睹的一个瞬间而改变。虽然我们都试图从密不透风的生活里面逃出来，但我一无所有，所以没有什么忌惮的，没有什么可以失去的，而她苦心维持的礼仪与标准，与当下相比，却成了一个一碰即碎的泡沫。

达生见我迟疑，说，怎么了，我说，没什么。我接过整洁的手袋，心想我比她多赢得一点爱。这也就够了。至少在这里我不需要做完爱之后还得扔垃圾。夏季傍晚的阳光温柔洒下来，我们经历的一切变得真假难辨，像一场事关错误的幻觉。

五

我一整晚上没有睡着。在和达生约会的一年多时间里，我经常会在半夜醒过来，看着陷于黑暗中的万家灯火以及手机，感到一种无孔不入的灾难，想着也许家伟和别人也约会睡觉，这样会好一些。但他的手机里贫瘠乏味，一无所有。我的负罪感在滋生，却也感到轻微快意。毕竟被背叛的人不是我。

我跑到楼下的时候没有遇见她，在幼儿园也没见到，直到走到7幢楼下，在长满合欢羽衣、紫叶山酢浆草、珊瑚藤的夏季甬道上，才勉强追上。小瞳欢呼着跑去抱住糖糖，卢毅从袋子里拿出一包玛格丽特饼干给她。我们对视着，气氛有些凝滞难堪，我推着小瞳肩膀说："谢谢阿姨呀！"

小瞳没作声，她撕不开包装袋，只会用牙齿咬，缠着让我打开，我坚持要她说谢谢才替她打开，小瞳不开口，一味还在用牙齿咬着包装袋，我又推推她肩膀，她顽固着不说，我差点动手打她。这时候卢毅蹲下来，温柔地替她撕开锯齿形的袋口。

金黄色的光还没有完全褪尽，这是这座城市难得的好天气。卢毅的黑色裙子在逐渐橙红的光线里面，变成了一种带着珠灰的金属色。打开饼干之后，小瞳和糖糖跑到楼底荡秋千和滑滑梯，只剩下我们还在甬道上慢慢向前。

我们并肩走着，她没有看我，我也不去看她。我说，昨天我也在那边。她说，好的，挺好的，还以为认错了人。

我本来想问许多，关于那个人的身份，关于他们之间的故事，关于她和糖糖父亲，但最后，我忽然说，说不定有一天我会离婚。她说，嗯。

我一度生出过一种误解，就是我们会处在同一个处境，站在同一个阵营里面，但现在看起来不过是错觉。我说出来，只是想说出这个故事某一种可能性的结尾，但故事的结尾通常是敞开的，我们也知道真相远非如此，我们距离我们想要的结尾还早得很，离婚不是，什么都不是。

作者简介：

张玲玲，1986年生，浙江省作家协会会员。小说作品散见于《西湖》《山花》《中篇小说选刊》《青年文学》等，获2016年浙江省文学之星优秀作品奖。

花　事

徐　衎

少年阿骁在一个有雨的晚上,独自拐出春光里,走了五里地,走到火车站的铁轨上,疲惫地、怯弱地,把身体放了下来,等火车碾过。

阿骁抬高手腕,想起手表遗留在床上了,又放下手腕,忧心忡忡地想:怎么火车还不开来。雨下大了,风也变大了,阿骁换了个侧躺的姿势,结果耳朵进水,阿骁爬起来,站在凄风苦雨里,呼出一口白气,觉得自己真是一只孤魂野鬼了。雨越下越大,阿骁加快脚步往家里走去,同时在心里为自己这一趟赴死之行总结道:怕死怕得要死的自杀者注定是死不成的。

"找死啊!"父亲一见他跟个水鬼似的飘回来,就吼道,"落雨天还往外跑,你死外面好啦。"母亲坐在厨房的矮凳上,别过脸去擦眼泪。

"你少管我!"阿骁顶了一句嘴。

父亲的嗓音已经吼哑了，却还在吼："不用老子管就死出老子的房子！"母亲终于坐不住，起身过来护着阿骁，"回来了就好了，别死死死的啦。"阿骁被她哭得心烦，压低了嗓音吼："哭死鬼啊。"母亲在袖口上抹干泪，从上衣口袋掏出阿骁的表，阿骁心里一阵屈辱——比他冒雨走出春光里，弯到火车站之前更甚。

天还没多亮，阿骁就起来搓洗内裤了。母亲第二个起床，预备烧早饭，见阿骁在水槽边勤勉的样子，脸上弯出一抹笑，"我来洗就好啦，你书包整理好了没有？"阿骁不理，继续搓洗，母亲也只是图口舌之快，并不真的过来，那调侃的笑意分明洞察一切却又决计不点破。阿骁讨厌母亲这副做派，拐弯抹角话里有话，说到底还是小家子气。

对门的黄阿婆搬一张方凳出来了。老不死的，阿骁嘀咕了一句。每天早晨，黄阿婆都会在家门口支一张方凳，搁上一个白底红花的搪瓷脸盆，用掉半壶热水，歪着脑袋，洗一个头。歪头的黄阿婆，两只眼睛侧上翻，仿佛在斜睨刺探阿骁家的隐私，加上那张老脸确实不怎么讨喜，阿骁几次都想过去一脚踹翻黄阿婆的洗头盆。

黄阿婆洗头水没烧好，就坐在家门口看阿骁忙活。在春光里做对门邻居的就是这样：你看看我，我看看你，顾此也不失彼。

"阿骁起得比阿婆还早，真是小当家了。"

阿骁低头把内裤压到盆底，再没勇气提拎起来。好不容易等到黄阿婆进屋，阿骁这才拈出内裤，一路滴水地挂到晾绳最边缘，避开门口。母亲出来叫他吃早饭，看到此景又嚷："这半边我昨天刚刚擦干净准备晒雪里蕻的，你倒好。"边说边把阿骁的内裤挪移到对着门口的半边晾绳上。黄阿婆拎出一壶热水，笑眯眯搭讪："这个季节晒雪里蕻最好啦。"说完，笑完，轰隆倒去大半壶热水，半个头泡下去，两只老眼睛照例朝这边翻，阿骁恨恨地看了她一眼，老不死的。

春光里这条弄堂说是弄堂，实际上已经是一条不大不小的马路了，两边立着球铁厂职工们的新工房，有的是低矮的平房，有的是同样低矮的两层小楼，带铜铸雕花栏杆的阳台。弄堂底的球铁厂有一辆大卡车，把路面压得坑坑洼洼。平日里黄阿婆也就是个家常老太太，衣着得体，慈眉善目，死掉老伴许多年。说是"死掉"，也只是死在弄堂人家的碎嘴里。真要细究起来，其实是还没"死"彻底的。

派出所叫黄阿婆去停尸处认尸，尸体泡江里好几天了，胀得没法认，陪黄阿婆同去的同乡说，尸体上的工装就是黄阿公平日里的装束，可是黄阿婆矢口否认。最后民政局出钱火化了尸体，以"无名尸"结案。反正那以后，黄阿公就再没露过面，本来就是深居简出的孤僻老头，和邻里没多少交情，在球铁厂做临时工当门卫，全靠黄阿婆撑场面的。谁曾想，蒙老伴荫蔽大半辈子，到死却落个"无名尸"的下场，讲起来真是让生者们心冷，死不瞑目哇。

“还不是图个不销户，好贪那份低保嘛。”春光里的人们偶尔讨论黄阿公之死，“生前两口子就很不要好了，我听他们家小保姆说，黄阿婆经常不给黄阿公饭吃的。”

黄阿婆家雇过一名乡下来的小保姆，初中生的模样，做事却不机灵，没个眼色，一有空就缠住阿骁。“你戴的是电子表吗？借我看看好吗？”小保姆巴结道，“你借我看看，我也把我的给你瞧瞧，公平吧？”阿骁乜斜了一眼，摘下电子表递给她。“真清楚，一眼就知道几点几分了。”小保姆把玩了一阵，摸出她的，竟然是一只老怀表，有点旧了，历史淘洗过的旧，哪里是阿骁这种塑料电子表的廉价货比得上的？小保姆嘟囔道：“每次看个时间都要想半天，还是电子表好。”阿骁在心里鄙夷她，乡巴佬不识货，顺口就说了一句：“咱俩换换吧。”不料当天晚上，黄阿公就摸上门讨表来了，说话声低低的，似乎很心虚：“小姑娘家不懂事，你把表还给我好吧。”

黄阿公死掉以后，黄阿婆就把小保姆扫地出门。两个人因为财产交割的问题，大吵了一架，黄阿婆骂小保姆是狐狸精转世投胎的下贱坯，勾引她家老头子。小保姆极力辩驳，坚称自己身家清白，是黄阿公让她坐大腿教她数数看表的。这种话传到左邻右舍，大家脸上都有点挂不住。黄阿婆赶走小保姆，一个人过到现在。原以为清锅冷灶的，日子难熬了，不想黄阿婆过得还更有兴头了。且不说每天早晨洗一个热水头，天井里那些荒废的瓦盆空罐头被她尽数利用,栽种起各色玫瑰。整个春光里都弥漫着一股清甜的芬芳。

黄阿婆能节哀重生到这份儿上实属不易,偏偏有人不买账,背后讲黄阿婆冷血无情,巴不得老伴早死,好落个清净。“半路夫妻,同床异梦,黄阿婆以前的丈夫也姓黄,不是冤家不聚头,死了那个黄又新嫁了个黄,这下子,新黄也黄了,黄阿婆的命真硬啊。黄阿公过得很不开心的,经常躲在房间里哭鼻子,一把年纪了讲出去都好笑,之前那个小保姆是黄阿公从菜市场的人力市场领回来的,说是替黄阿婆分担一点,其实就是晚年寂寞,想有个人说说话,黄阿公对这个小保姆是真好,年轻时候的怀表、一指观音都瞒着黄阿婆送给她。后来瞒不住,黄阿婆就一直想着法儿要撵人,不想黄阿公就掉到江里去了,要我说就是家宅不宁,日子不舒坦,自寻短见,哪是什么失足意外,讲起来是冠冕堂皇!”

这种话,阿骁多少听过一些,弄堂人家谁没点话柄落到别人口里,小奸小坏、细细屑屑的,整理一番,也好出一本故事集了。翻翻母亲订阅的杂志,登的无非也是这些家长里短,阿骁纳闷母亲怎么还听不够、看不够。

马晶晶的母亲见多识广,一定不屑这些琐碎。在马晶晶的生日宴上,阿骁夹了摆在自己跟前的鸭舌到马晶晶碗里,当然为了避嫌,其余同学也都一一照顾到了。阿骁是吃到中途才发觉餐桌上有一副公筷的。晚饭吃完,阿骁发现马晶晶碗里的鸭舌一根没动,马晶晶的母亲招呼大家吃榴梿，每人一只小碟子一只小勺。其他人吃得津津有味，阿骁吃到第三口就受不住了，哇啦哇啦吐了一地秽物。“是不是对榴梿过敏呀？”马母惊呼着找毛巾，“怎么不早说呢？”温柔的责怪。阿骁哪里是“不早说”，这是他第一次吃榴梿。阿骁盯住茶几上满是硬刺的榴梿，真想一头撞上去。

这股冲动在离开马晶晶家后愈发强烈起来，苹果橘子香蕉才是春光里的家常水果，至于榴梿，只遥遥听闻过它奇臭无比的威名，哪有机会得所谓的“榴梿过敏症”？再说了，哪有那么娇贵的，阿骁母亲向来都是剜掉腐烂的苹果肉，余下部分照吃不误！从马晶晶家回到家里，母亲正在厨房炒瓜子，前一段全家吃掉了一大只南瓜，攒下来不少南瓜子，父亲在里屋喝酒看电视，武打片的厮杀声漫到他房间里来，阿骁环顾没有鲜花、公筷，更没有热带水果的家，褪下手表，包好了摆到床上。出门前下起了小雨，阿骁拿走家中唯一一把黑伞，朝火车站走去，准备让北上的火车从他身上轧过去，在包好遗物性质的手表拐出春光里之前，他是这么想的。

但事实上，阿骁只是需要这样一个赴死的姿态，走一走散散心就回家去。真到了火车站，光滑的铁轨就在眼前，阿骁抑制不住躺下去，又心虚地爬起来，没死成，还白白搭进去一柄好伞……

阿骁隔天想买束花，作为生日宴的赔礼，不想母亲也从花鸟市场冒出来。“这些花也就是图个新鲜好看，等到了明天就干成一堆垃圾了，中看不中用。”阿骁白了她一眼，“有些东西未必就要有用，光美就足够了。”母亲说：“你以为你是贾宝玉啊？”阿骁当然无意自比宝哥哥，他一没有大观园，二没有那一堆花朵儿似的姐姐妹妹，他只有一条春光里，以及一个马晶晶。马晶晶家的餐桌上就是插鲜花的，阔叶百合，客厅茶几上也放了一丛红艳艳的玫瑰，阿骁记得那天自己出洋相，连带把茶几上的玫瑰花也吐脏了。

阿骁空手而归，母亲跟在身后絮絮叨叨：“有买花的钱还不如拿来买点卤煮，吃到肚皮里最实惠。”阿骁联想到春光里的那些飞短流长，哪一则不是关乎生计的？春光里的大多数人是宁种大蒜辣椒，也懒得料理一棵仙人掌或养一盆水仙的——阿骁那一丁点轻盈的思绪，再也飞不起来了。

阿骁过完小长假回去上学，在校门口碰见死党忠伟，忠伟指了指他身后，阿骁回看，居然是母亲！搓着两只手，做贼心虚地朝他们笑。放学的时候，阿骁又在校门口撞见母亲，忠伟大笑，“阿骁你真是妈宝啊，你可以回去复读小学了。”

阿骁气汹汹地转身就走，母亲加快脚步跟上去，“阿骁，你慢一点。”阿骁走到春光里附近的公厕时闪了进去，母亲在外面直跳脚，“阿骁，你好了没有？”阿骁经不起这般叫唤，红着脸走出来。学校就有人传，阿骁上公厕还要姆妈作陪的。马晶晶八成也听到了。

“你到底想怎样？”母亲被他的凶相唬住，眼泪就下来了，吐出五字箴言:“你要好好的。”阿骁后来才意识到这句话的深意和分量,不禁后悔那天晚上出门去火车站前留在床上的手表,煞有介事地摆成遗物的样式,过于庄重了,被敏感柔弱的母亲读懂了。阿骁成了母亲眼里的“自杀未遂者”,盯梢成了母亲的平安符,日复一日盯住阿骁,日复一日提醒他难以启齿的难堪。

阿骁把母亲推开,刚好父亲喝完酒回来。“你们五个人拉拉扯扯干什么呢?”父亲喝醉了,看什么都重影。母亲抹掉眼泪,搀父亲回房,留阿骁一个人生闷气。不得不说,母亲在“能屈能伸”这点上做得过于出色了,任何中伤、苛责、非难、辱骂,乃至拳脚相加,一概照单全收,阿骁突然想到前一段看过的一个武打片,母亲简直就是里头那个世外高人,不在刚柔,胜在韧性,什么招都接得住。阿骁悲观地想,对付母亲,就像一拳打进棉花里,他是要败在母亲手里了。

父亲酒醒过来要吃炒肝,“喝完酒吃点炒肝,就把肝补回来了。”母亲到弄口河南人开的卤煮店,买回五两炒肝。阿骁一把抢过去,塞了两把到嘴里,余下的统统丢到地上,一脚一脚卖力踩。等菜下酒的父亲勃然大怒,一巴掌扇过去,阿骁满嘴的炒肝豁去大半。父亲扬手又是一巴掌,这一掌落到母亲脸上。阿骁窃喜,唯有激怒父亲才好牵制母亲。果然,父亲连母亲一块儿推搡,“拦着我干什么,让我打死他!”骂“死”是父亲的家常便饭,每一记“死”字,都正中母亲忧悒的红心。

家里闹哄哄的，阿骁趁乱脱身，溜达到傍晚才回家。母亲失神地守在春光里的口子上，“你上哪儿去了啊？”阿骁不理，嫌恶地加快脚步，身后是一串母亲的哀鸣，“你慢点好吧”，母亲几乎一路小跑起来了。

快到家门口时，阿骁瞥见对门黄阿婆家的大门虚掩着，就拐了进去，看到了传闻中黄阿婆养的那些玫瑰花，红色、黄色、白色，还有一种罕有的微紫色，近似母亲脸上的瘀痕。

阿骁突发奇想，在牵制母亲方面，黄阿婆或许会大有作为。阿骁决定再来一次大破坏，这一次的破坏对象正是黄阿婆的花。黄阿婆摇着一把杭州王星记的檀香扇，从里间出来，目睹凌乱的天井，当场就晕了过去。

救护车半小时以后开到，不巧春光里弄口横了一辆不知是谁的金杯车，救护车只好停在弄口，呜伊——呜伊——警报鸣笛惊动了整条春光里，有不明所以的住户还当是火警，急慌慌地打听，“哪里着火了呀？我们这里的消防栓没有水的呀。”

夜里有人放出话来，一副知悉内情的口吻危言耸听：“真以为黄阿婆老来开窍啊，也不想想黄阿婆多少精明的一个人，上菜市场大闸蟹都买了还舍不得几根葱的。黄阿婆家的玫瑰花做啥养得那么好呀？那可不只是日月精华这么简单，还要吸人气的。黄阿婆精就精在这里，黄阿公火化掉的骨灰就是黄阿婆以小保姆的名义去申领回来的，没有销户的黄阿公不好立碑吊唁，黄阿婆把骨灰掺到花泥里拿来养玫瑰！养在跟前，每天抬头不见低头见的，也算是薄养厚悼了。如今这样一闹，你叫黄阿婆怎么不急火攻心？”

阿骁自知大难临头，可还有一丝愉悦，这是他在春光里听过的最浪漫的一则流言，助长了一些轻盈的思绪，阿骁想，有朝一日可以给黄阿婆写个故事，再讲给马晶晶听。父亲急吼吼四处逮阿骁，那声势看来是要连同炒肝事件，新账旧账一块儿算了。母亲因着脸上被父亲揍出来的新鲜皮肉伤，也被小护士拉上救护车，和不省人事的黄阿婆一并捎去了医院。阿骁孤立无援，反锁房间以自保，盛怒之下的父亲一脚踹了房门……

黄阿婆出院那天，正赶上阿骁出殡。

“阿骁是被他父亲一拳打死的。当时阿骁正靠墙站着，他父亲下手也没个轻重，一拳打在他脖子上，打断了颈动脉。如果当时阿骁不靠墙站着，就不会死掉，因为可以在空地上摔一跤缓冲一下。”另一人做了个嘘声的手势，打断了这人的科学分析，说：“来了来了。”

说是出殡，其实只有扶着阿骁遗像的母亲一人。逞凶的父亲自首完，获得为儿子送终的特赦。回到家的父亲依旧态度强硬，坚决不让这个不肖子停尸回房。阿骁父亲从厂里拿来一些钢管和一套焊具，花了两天两夜敲打电焊了一张钢管床，“就停在这上头！”

殡仪馆的车停在了春光里弄口，母亲抱着遗像准备上车。黄阿婆和遗像中的阿骁对视了一眼，摇摇头，回家去。见阿骁家虚掩着门，黄阿婆斗胆走进去，一股浓重的酒气，只见阿骁父亲躺在钢管床上，两眼翻白，泪流不止，是被电焊强光灼伤的症状。黄阿婆原想一走了之，但觉得应该说点什么，“阿骁他妈一个人送阿骁上路了，还有，等一下阿骁妈回来，你让她给你的眼睛喂点母乳。”黄阿婆想起早年的那位黄阿公，是门卫黄阿公前面的那个黄阿公了，是球铁厂的正式工，做电焊的，一开始没经验也出现过这种症状，黄阿婆打听来一个偏方，用母乳滴眼，四五天就康复了。

“你说什么？”阿骁父亲平躺着，努力听声辨位，两只眼睛剧烈翻动，微微睁开的部分只见眼白，一大股眼泪翻涌而出。

作者简介：

徐衎，1989年生，南开大学2011级中国现当代文学硕士，浙江省作家协会会员，入选浙江省“新荷计划青年作家人才库”，曾获第十一届、第十二届全国新概念作文大赛一等奖；小说见《收获》《人民文学》《上海文学》《西湖》《长江文艺》《青年文学》《小说选刊》等。

天　枪

阿　光

一

对峙。

二

叭！

弥天大雾是被一声嘶哑的枪响撕开的。

靳二斗当时正在米乐踩好的点上潜伏，天幕突然间就变得明镜般透亮。前后不到一个小时，他伏在一块石头后面，还未想好如何发现对手并杀死对手，首先看到的却是一朵血红血红的花，看仔细了，才明白那是离他十来步远的五班长宋卫宁的脸。霎时，他很自信地想象对手在他的枪口倒下的场景荡然无存，仿佛蝉壳一样，风轻轻一吹，就飘走了。

阵地上的日子实在太枯燥了，家里寄给宋卫宁的那个饭盒般大的收音机，收听中央人民广播电台的节目时，总是嗞啦嗞啦响，频道调来调去，调出来的最好听的声音便是邓丽君在唱歌了。可部队禁止收听这种声音，说是听了会糜烂灵魂什么的，听了就不会打枪了。鬼精灵通讯员米乐悄悄找宋卫宁说，我们不糜烂自己，我们糜烂对手总可以吧。于是夜深人静大家鼾声大作时，他便拉着宋卫宁跑到坑道里，把收音机放在一块大石头上，喇叭口朝向对面，调好频道，放大声音，《何日君再来》就开腔了。对面肯定是听到这歌声了，而米乐和宋卫宁也享受了。

本来呢，天知地知你知我知也就过去了，问题出在没有沟通。米乐听了一会儿感觉困，顺便给潜伏的靳二斗打了个招呼，就先回洞里睡觉了，可宋卫宁不想回洞里睡，侧身躺在那块大石头上，听着听着就睡着了，而且那张大脸和收音机同向，直到天亮的时候雾散了还没醒。他这一睡就永远睡着了，结果就睡成了烈士。当大家把他抢进洞里时，他额头上的那个枪洞还在往外喷血，但已接近尾声了，而那时收音机里邓丽君还在唱……

米乐轻声地对靳二斗说，都怪我，都怪我！

三

军区的侦察参谋尤龙在前线指挥部的帐篷里坐卧不安，感觉耳朵里总响着“叭”的冷枪声。靳二斗无疑是一个天才狙击手，但小伙子毕竟没杀过人，他总不放心。一支大重九香烟燃到了海绵嘴，烫到了他的嘴唇，他狠狠地把烟蒂吐出了三尺远，把电话直接摇到了一连。

接电话的是米乐，他把话筒递给靳二斗说，是找你的。此刻的靳二斗正绞尽脑汁地想着下一步怎么办，听到军区尤参谋来电话，思维马上短路了，只感觉糊在脸上的黑泥巴被风吹干后，有一种干燥的隐痛。除了眼珠子灵活地上下左右闪动外，这一刻，米乐看不出他脸上的任何表情。他是被尤参谋临时“借”到一连阵地上狙击对方那个杀手的，任务完成了他就可以下山。这个兵龄一年零几个月的新兵蛋子，远距离射击精准，鹤立鸡群，被干部战士们誉为“天生的枪手”，简称“天枪”。眼下，是检验“天枪”的关键时刻了。

电话里尤参谋的话没有想象中的那么严厉，甚至还带有几分温暖。他问靳二斗，有感觉吗？靳二斗答，没有！又问，没有找到目标？靳二斗说，是！尤参谋安慰他说，没关系，我相信你！靳二斗嗯了一声。最后尤参谋说，我两天后等你的好消息！说完，就把电话挂了。

两天后？什么意思？听话听音，两天后部队要有行动了。靳二斗顿悟，这尤参谋的话绵里藏针，这就是给他的死命令了。压力使他的脸部表情有点变形了。

米乐对靳二斗说，你别认真过度了，不是还有我这个搭档吗！

靳二斗紧抿的嘴唇没有动，用眼白向米乐闪了一下，独自在一块石头上坐下开始“定神”。上山前尤参谋向他交代，上山后一切听米乐的，他熟悉情况，会很好地配合他。换句话说，尤参谋给他配了一个副手。

姜还是老的辣，靳二斗想，这个尤参谋，他怎么就知道我在想什么呢？问题是他真的没有找到那个令人恐惧的目标。

这杀手怎么就那么阴，已经轻易就狙击了我方几个阵地上的出头露面的士兵，每一发子弹都是从前脑门进后脑勺出，连多喘一口气的余地也不留给死者。他清晰地记得，当那一声洞穿五班长宋卫宁脑壳的枪声响起的时候，透过瞄准镜，他已经隐隐约约地看到对面山头上，一堆茅草缝里是有一个似头颅又不似头颅的石头“栽”在那里的，但来不及看清楚具体的五官，再观察时，又是一块真的石头了。这就是他没有扣动扳机的原因。好在他没有开过枪，对方并不知道他的存在。是狐狸总会露出尾巴，较量吧！等机会了。

吃过早饭，已是半晌午。天气热得要死，靳二斗和米乐脱得只穿一条短裤，然后用黑稀泥把露出的部位涂抹好，就出洞去潜伏了。位置是米乐选好的，绝对隐蔽。太阳有点猛，尽管有一棵小树挡着，两人还是感觉到背上有热浪一阵阵压下来。米乐见靳二斗把头缩得像乌龟一样，便问怎么这么观察？靳二斗安慰他说，别急，人家不是那么容易就现身的。米乐想想也是，但不甘心，便说，你怎么就那么肯定呢？靳二斗说，不会错，要别人死，首先自己要活好。米乐见靳二斗很有城府样儿，就想到了一个问题，试探地说，我问你个事儿，你要如实回答我，你怎么就能成为一个狙击手，而我却不行？靳二斗向他笑了一下，半开玩笑地说，这其实就是一种感觉，先天性的，出手准头比别人好一点，比如和你比。米乐说，你这是张飞给武大郎打招呼，隔着朝代谦虚。靳二斗说，不是你理解的这样。他给米乐讲解了他的狙击手理论。他说，世上所有的狙击手都是杀手，杀别人也被别人杀，没有美丑区分、善恶差别，最终都看结果，就是活着还是死去，但感觉好，肯定活得长。米乐听得云里雾里，说："我听不懂。"靳二斗说："你听不懂才对，都听懂了不就成了第二个我了。"

靳二斗告诉米乐，他从小跟着父亲守山。那是大队的林场，很大。有一片湿地，湿地边上有一幢小木屋，小木屋对面百米处有一棵乌桕树，乌桕树的枝杈上有一个鸟窝，鸟窝里住着一对喜鹊，喜鹊每天早晚叫喳喳。正是反帝反修全民皆兵的年头，他老爸是武装民兵，为了巡山时的震慑效果，公社武装部就给他老爸配了一支半自动步枪。阳春艳阳，忽然有一天，小木屋里飞来了另一只大"喜鹊"，一个劲"靳哥靳哥"地叫。这只"喜鹊"姓郝，在村里是靳二斗的邻居,靳二斗从小死了娘,郝喜鹊从小死了爹,两家亲密似一家。郝喜鹊说,人家想你了嘛,就来了嘛!正寒暄间,对面乌桕树上的那对喜鹊就死命地“喳喳”了起来。郝喜鹊说,不用欢迎啦,我会常来。想不到靳二斗拿起步枪对着那乌桕树上的喜鹊窝“叭”地开了一枪。你怎么可以打喜鸟?郝喜鹊愤怒地指责道。靳二斗也不解释,拉着郝喜鹊的手就往乌桕树那里跑。一站定,郝喜鹊目瞪口呆了,一条小拳头粗的菜花蛇,头部被子弹钉在了鹊窝边的树干上,凌空挂下来的身子足有二米多长,那鹊窝里的几只小鹊正在发出吱吱的叫声哩!

完啦?米乐问,这就是你说的感觉?

靳二斗不置可否,也不答话。

问题是,你到底是对枪有感觉还是对姓郝的花喜鹊有感觉?

靳二斗开口了,说,跟你说不清楚。

米乐提醒靳二斗说,我们现实点吧。

米乐点了点头。

双方的阵地上都静悄悄,上午一点情况也没发生就过去了。

四

下午,两人开始紧锣密鼓地行动起来。

米乐用望远镜对着对面的阵地一遍又一遍地扫描着。靳二斗的目光透过瞄准镜也在仔细地寻找目标。这是一支七九式狙击步枪,还是兄弟连队从对方那里缴获过来的,整个军区独一支,靳二斗上山前试过,性能好,稳定,但缺少消音器。两人同步扫描了好久,结果一无所获。米乐说,我来演戏你监视。还未等靳二斗明白过来,米乐就变戏法般从屁股后面拿出一个面具来,然后用刺刀尖挑着,在战壕沿上慢慢地晃动起来。原来这小子家世代演傩戏,当兵入伍就带了这么一个面具做念想,殊不料兵龄不到两年,就撞上了战争。

靳二斗说,你要把整个面具露出来,于是米乐就把枪刺挑高点。靳二斗又说,要动起来,米乐就把枪刺左右晃晃。如此这般折腾了一阵,还是什么收获也没有。

阵地潜伏约有六个小时了,时间不紧不慢地流到了半下午。靳二斗说,你那假头再弄两下试试。米乐说,试试就试试,反正是演戏。又假戏真做了一回,结果还是没有意外。就在两人失望之时,叭!嘶哑的枪声响了,对面还是那支枪,想必那消音器有了裂缝。米乐赶紧检查了面具,没有弹孔啊!怎么回事?米乐问靳二斗,是不是那杀手?但靳二斗没有回答他。

没错,是那个杀手。先后露脸不到两秒钟,靳二斗来不及开枪。他的目光是顺着那枪声搜索过去的,那张脸在两块石头中间,仿佛是古代仕女画里的正面头像,又仿佛是他熟悉的另一张脸,但快如闪电般消失了。这一秒多钟的脸部画像就这样烙进了靳二斗的脑子里,可他无法回答米乐。

消息很快传来。紧挨一连阵地的兄弟连阵地上,一个躲在刚挖不久的猫耳洞里的前哨士兵,由于天热,得了烂裆病,痒得受不了,就全身赤裸地跑出猫耳洞想透透气,特别是让肚皮底下的部位通通风,刚站稳伸了个懒腰,就被对方的狙击手一枪毙命了,子弹还是从前脑门进后脑勺出。不用说,对方那个恐怖的杀手又一次出手了。

靳二斗和米乐哑口无言,在夕阳余晖的映衬下,两人的脸色都是青绿色。

五

吃完晚饭,天已经完全黑了,洞内点起了蜡烛。这里的山头洞多,大小相通,上下勾连。靳二斗和米乐安身的小洞连着连部的大洞,有事行动方便,这是连部特意安排的。

干部们在开会,从各自的表情上观察,形势有点紧张,看来要有所行动了,这从尤参谋追来的一个电话里得到了佐证。靳二斗从听筒里掂出了话语的分量:还有一天,我相信你!

我能斗得过这个杀手吗?靳二斗闷闷不乐地走出洞,尽情让山风吹干身上的汗渍。米乐跟了出来。满天星斗。天空其实很蓝,看起来却是褐色,如此,星光就显得格外灿烂。

两人靠战壕坐下后，嘴巴好像同时被缝住了一样，谁也没说一句话。

气氛显得有点凝重。许久以后，米乐发现，靳二斗的目光已经仰视天空，嘴巴吧唧吧唧地，开始数起了天上的星星。靳二斗大概感觉到老仰脖子有点累了，就把目光平视起来，看什么呢？他看到了苍穹下的群山，仿佛被淡墨泼过一般黑黝黝一片，那山顶上有几段曲线，连起来很像一个睡熟了的女人。

战火中的飞禽走兽早销声匿迹了，风平浪静，万籁俱寂，世界好像死了一般。

米乐突然想到了一个问题，问靳二斗，狙击手对突然出现的运动目标射击，反应的时间是多少？

三秒！靳二斗回答他。

那你呢？米乐问。

靳二斗没说。自己只要两秒，但那属于自己的绝密。

兄弟，我们需要感觉了。米乐最后说了这么一句。

靳二斗很郑重地对着米乐握了一下拳头。

六

仿佛是一个洋葱头，黎明前的黑暗是慢慢地一层层剥开来的，先是见天边裂开了一条缝，接着天窗就打开了，露出了鱼肚白，然后整个天际就蓝了起来，最后是一个大晴天。

靳二斗透过瞄准镜聚精会神地快速观察了一下对方阵地，结果什么目标也没有。米乐仿佛变了一个人，像一块石头似的沉着。

他们是黎明前进入新的潜伏点的，位置更靠近了兄弟连的阵地，并且向前移动了五米。

两个多小时又过去了，什么动静也没有。两个小兵的四只眼始终没有懈怠过。

我是米乐！米乐突然吼了一声，从地上一跃而起。靳二斗知道米乐要干什么，想阻止却来不及了。他感觉米乐是像猛虎捕捉猎物一样跃起冲出战壕的。

叭！嘶哑的枪声响起来了，是从对面传过来的。靳二斗感觉背后的米乐仿佛是人体肩上扛着的一袋米，被掼在了地上，硌破了一个小洞，然后米霎时就漏成了一条线，不过是红的。

叭！不到二秒钟，又响了一枪，不过这一枪，是靳二斗的枪射出去的。枪响过后，靳二斗把自己四仰八叉地放倒在地上，然后闭上了眼睛。

迷迷糊糊中，一个头颅在靳二斗的脑子里渐渐清晰起来。就是那个仕女，短发把一张白里透红的脸包裹成了一个蛋形，而五官却特别科学地分布在各自的位置上，哪怕你要赞美却找不出恰当的词。仕女要和他融为一体了，他把全部的精血凝聚成一块，冲出了一条直线，恰到好处地在她身上的某个位置上点出了一颗圆筷般粗的痣。然后，那仕女的头颅现出了美女原型，原来是郝喜鹊。郝喜鹊嚷嚷着说，靳哥靳哥我来了，然后软软地倒下来，最后落在了他的怀里。再往后，那头颅就化作了一缕青烟，钻进了靳二斗的心尖里。

约十分钟后，山上的电话机响起了铃声，尤参谋问情况咋样？

接电话的兵说，望远镜里看得明白，对方中了！

又问，靳二斗呢？

答，仰天躺着，一动一动，一言不发，但呼吸正常。

再问，米乐呢？

又答，他被敲了一个蛋，临时包扎了，准备送野战医院！

靳二斗没有想到，助他一臂之力的副手米乐，付出了一个“卵”的代价，帮他完成了狙杀任务。

这时，太阳要被浓雾覆盖了，晕出了一片红。

七

靳二斗被指示隐蔽地回到了四连。战争时期，像靳二斗这样的“天枪”，迟早是对方猎杀的首要对象。为了避免“出师未捷身先死，长使英雄泪满襟”，保密工作做得特别缜密。

其间，他到野战医院看过米乐。他安慰米乐说，兄弟，再也不会有第二个杀手来敲你的另一只蛋了。

过了两个星期，连队校枪，连长叫靳二斗试了三枪，结果可怜，居然一枪脱靶，一枪五环，一枪六环。再试，两枪脱靶，一枪四环。全连人都蒙了。

野战医院给靳二斗仔细地检查了眼睛，没有异样，再做身体全面检查，一切如初。

再次给靳二斗试枪，那指头僵硬得竟然连扳机都扣不下去了。

连长说，人家死了，你也死了？

靳二斗说不出话来。

靳二斗废了，提前退伍返乡。

三十年后，已是某省某著名私企老总的米乐，前后陆续花了将近一年的时间，在某省的偏僻山区的一个几乎与外界隔绝的某私人承包的林场里，找到了野人似的靳二斗。

两人相拥而泣……靳二斗用嘴巴附在米乐的耳朵上轻轻地说，兄弟，那个女人没有死，我一枪打在了她的肩胛骨上。

作者简介：

陈宗光，笔名阿光，中国作家协会会员。出版有散文选集《瓯江月》、中短篇小说选集《醒醒湖》、报告文学选集《壮士魂》、散文集《走读丽水》、长篇散文《龙泉青瓷》等多部。

法庭的审判

朱子正

尊敬的法官阁下及全体陪审员：

感谢法庭，给我最后陈述的权利。

在往昔的岁月，我如走在悬空钢丝绳上小心翼翼地掩藏这个秘密：我，一只拥有自由心智而以人类城市为栖息地的猿猴，藏身人群之中，与人为邻居、做同事，和人一样逛超市，听爵士乐，吃鸡腿堡——乃至，今天像人一样被起诉而站在这被告席上。如此数十年之久，我矗立在人与猿的十字路口，深自沉默，缄口不语。

而今天，我准备一吐为快。

事实上，也只能如此。在因罪被拘押的三个月里，丧失自由使我再不能从容剃除指爪、毛发——这是作为动物，我仅剩的残迹——很惭愧此时此刻面目狰狞地站在诸位面前，站在这堆摄像机前。想必，监狱长在媒体上公布我的秘密是一个月来这座城市最轰动的新闻。说实话，对我来说新闻终是不知何用之物，总令我想起铺满一地碎裂鸡毛的星球。人咀嚼它，作为生活的调味品，这不符我的口味。不过，今天你们确实将如愿得到一条足可作为饭后谈资的新闻。

我想陈述的、能陈述的只有绝望。而诸位急切兴奋地想知道的是：我如何从猿猴转变为人，至于我所犯何罪、犯罪经过反而无足轻重。很遗憾，我无法满足你们的好奇。说来固然难以置信：从猿到人在我是极自然的，自然到几乎不曾留下回忆。童年时，甚至不曾留意存在这个过程。乃至青春逝去，才反刍似的领悟这过程以骨架般形式隐藏在我生命中，隐藏如此深以至千疮百孔才将其深刻感受。所以，试图清晰陈述过往，何其艰辛。你也罢我也罢，总是道别昔日自我才使今日自我有勇气存续下去。说到底，我们握有的从来都是残缺的人生——假如我的经历也可称“人生”的话。

我来自象牙海岸。电视、报纸，甚至法官阁下和陪审团都称呼我猿猴先生，实际上以生物分类学——尽管体貌已大相径庭——我属于黑猩猩，更准确说是黑猩猩西非亚种，白脸黑猩猩。半个月前，你们派人来提取血液做 DNA 检测，想必已证实这点。关于我的幼年，几乎是靠父亲零碎的讲述汇聚而成。不到三个月大，就遭克鲁族猎人捕获，偷卖给野生动物走私商贩，然后远渡重洋，或许几经转手也不无可能，最终被送到一对小夫妻手上。说是夫妻，不如说不更事的少男少女。双方均来自富裕家庭，女孩喜欢宠物，丈夫几经周折买下我投其所好。开始女孩意兴盎然，谁料不到半年形势急转直下。双方各自有了外遇，协议离婚，一天内处理毕所有事，仅剩我不好办。毕竟不是普通宠物，随意遗弃也不可行，最终商议慢慢找寻合适的买家。此后一个半月里，他们先后见了十几人。最后，我见到了我人类的父亲。迄今为止，我依然不知道这结果是幸还是不幸？但时光如可倒流，我希望再见父亲一次。

小时候与我相处的唯有父亲。他是医学教授，单身，养我时已近退休年龄。身形颀长，性情缄默沉静。我们最早住在离市区不远一座半山腰的院落，原是他所在大学拨予他作为研究和生活所需，底下一楼是居室，二楼是藏书室，三楼是实验室。一道篱墙将庭院和杂木林隔开，杂木林中夹杂野枇杷树，一条小径隐在林中通向下山公路。从我自己的记忆开始萌芽起，最开心的事就是爬到树上寻找嫩叶、雏鸟和野枇杷，或在底下灌木丛捕食蚂蚁和小动物。咀嚼此类食物有最原始的快感，我每每受诱惑。此种劣性至今残留我体内，付尽艰辛也未曾压榨出去。父亲对此颇有些失望，但从不责备我。他是身上仿佛罩一袭圣袍，永远沉静缄默之人！在最孤寂的时候，也只是倚身藏书室独自拉小提琴。我至今记得那盏古典吊灯下的他：琴弓飘逸，手指颤动，恍如天籁的音符一泻而出。每每此时，我总蹲伏一旁仰望着他。父亲的手指异常修长，凭此小提琴也好、手术刀也好，足可轻易驾驭。虽然，如今那手指的印象令我细思极恐。但小时懵懂，只记得睡了数天醒来，身体某处又莫名缠了绷带。时至今日，我当然已完全明白他是何等人物！但太晚了。对我来说，一切太匆匆了。在我心中永存着一幅图景：父亲牵着毛茸茸的我通过天地之门，金色斜晖随着日落正迅速收缩而去。

父亲死于我们搬回市区的第三年，在我高中一年级的冬天。我以独子身份签了字，他在高温炉化为一抔灰烬。走出深夜的火葬场，新月垂在高大烟囱划破的夜空，一个念头浮上心来："无论如何，是在人的世界独自生存的时候了。"生存、长大，原是父亲临终叮嘱。只是，曾几何时，我连自己和人都不能区分：以为并无二致，不存疑义的——我是如此蜕变，他人亦是如此；我是如此长大，他人亦是如此。从未有一根链条，将我同外部世界链接起来，连父亲所教单词、算术和功课，也仅作为符号压进头脑，不理解所指含义。大概有鉴于此吧——或许，也可能预感到了什么——父亲经历一次长久考虑后，忽然决定搬回市区。

在我瞳孔倒映的第一印象中，城市是庞大的蚁巢。

立身高楼下的十字路口，车流湍急、人潮如涌，父亲指着所遇事物，一一解说，而我如蹒跚学步的人类幼童。半月后，他为我安排了身份、学校，我插班进入初级中学一年级。入学伊始，就发现许多东西父亲已教授过，而新课程，我也每每能够拿手。相反，倒是见你们人类的学生又为某试题抓耳挠腮，我恨不能将父亲的蓝色液体也用细长针头注入他脑皮。说起来，那是少有的惬意时光！许多年后，在懂得你们人类的学校是屠宰儿童的场所和洗脑工厂——即便明白这点后，依然对那段时光无限留恋。父亲在我身边的最后三年，不舍昼夜地向我灌输日常的准则：不得在人前生吃小动物，不得在人前采食树叶；水果要剥皮去核；一周三沐，每次沐浴后一定剔去毛发以及过马路看红绿灯等。诸如此类，不可胜数。我是他的实验品，亦是他心之所系。他死后，我大体按他教的坐卧行止。如若不是被捕，不是在监狱被迫体检，或许我会一直这么隐秘生存下去。唯一艰辛的是掩藏我的本能。最日常就是饮食，通常你们人类自鸣得意的大餐我都难以下咽，每每一桌用餐，就如遭苦刑。我喜欢的是能见原形的简单食物，榆树叶、莴苣、西红柿、甜薯我百吃不厌。水果喜欢菠萝、木瓜、哈密瓜，最中意香蕉和桑葚，而油、盐则是恐怖的味道。所以，每临天黑我就逃离人群，急急藏回家中，就吃储藏室里的白蚁、蜗牛和各种蔬果。为了能吃新鲜白蚁、蜗牛，近年来我学会了养殖，咀嚼和从喉道吞咽它们，让我有重做自己的感觉。但时间一久，这种掩藏就十分压抑和绝望。为了藏匿自己，我几次与死神擦肩。父亲离世后最初一年，我多次生病，最重一次是肺炎继发持续性腹泻，食欲废绝，全身脱水。在把身边能吃的药吃了个遍后，我在卧室的墙角蜷缩了三天，一度意识丧失。但依旧谨遵父亲的戒命，不敢向人求助，不敢去医院。因为我连最基本的血红蛋白、肌酐等生理指标也与人类不同，一张简单的化验单足可引人警觉。所以，唯一能依靠的只有自己。我在父亲所教基础上，继续自学动物医学、解剖生理学和基础药学。除此外，我也汲取一切有用的知识，并永远惶遽地偷眼观察模仿人，胆战心惊得生恐被发现蛛丝马迹。时至今时，你们听我谈吐，是否已和你们人类无异？这多少受益于这种如履薄冰的勤奋。可以说，我以迄今为止地球上独一无二的努力，使自己成为"人"。当然，今天想来是祸福难辨。你不可能永远压抑而不反抗。今天我之所以站在这里，之所以犯下本次罪行——至少在你们看来是罪行——原因恐怕也根植于此。世上的事，因在上游，果在下游。它们是同一颗鹅卵石，哪怕被时间冲洗得面目全非。

高中生活告终后，我以不好不坏的成绩毕业，申请了一所家门口的大学，为的是不用过寄宿的集体生活。集体生活不利于掩护自己。一个人生活，既没家人，也没像样的朋友，但我不以此为苦，一人独处对我是极自然的事。孤独在我像生来便会的呼吸，我原本就是独一无二的存在。较之独处，与人相处我才感到孤独。在大学，每天独自去教室听课、做笔记，剩下的时间去图书馆看书，然后徒步回家。从学校到家的路上，我的脚步永恒地陷在时间的泥沼里。四年时光，我周遭的世界已面临一切沧桑巨变。人们恰似在一只看不见的手的操控下呼喊着，直趋向前。昔日的儿童已长大成另一物种，或伪善或殷勤地使出各种卑劣手段，即将跨出校门构筑一个同样卑劣的社会。他们争夺的一切，在我都无意义。我几乎不抬头，不与人交往，日复一日打发时光。大学毕业后，就去了一家半官方的工伤事故保险公司做核算员。

至此，父亲遗留的存款也已寥寥无几。在钢筋和水泥构筑的蚁巢生存，银行的存款是生命线。除了空气，城市没有免费之物。我必须艰辛劳作，换取从水龙头流出的水、昂贵的水果、不新鲜的蔬菜，以及挤在沙丁鱼箱似的公交里的权利。尽管始终与世界保持深邃的疏离感，但工作终归要与人来往，为此遇见过许多形形色色奇怪的人：有同性恋的交警，有多年不眠的教师，有一开口就痛苦不止的播音员，有喜欢将自己装扮成婴儿的女职员和迷恋玩弹子球的政府部长。但就工作而言，无论怎么看，他们都是态度严正忠于职守者。我也一样。每个工作日，我几乎都是最早坐在办公室的人。一遍遍校对、核算表格账簿，就像拿着尺子测量蚂蚁腿的长度般检查纰漏的数字，绝不许出错。事实上也从未出错，上司对此颇为满意。为了掩饰身世被发现的巨大恐惧，我所能做的唯有如此。此外，我与人无争，对人彬彬有礼，我的同事自然而然对我怀有好感。甚至，有同事见我一年年单身，便要介绍女孩给我认识,劝我结婚。

今时,你们已经知道:我不可能结婚,也从未想过结婚。仅有一次——从我在你们人类中生活起至今为止,只此一次。对方是有业务往来公司的一个女孩,她在所任职部门做到了副职位置,一次偶然的机会我们有了交集。她实是一位有独特个性和深邃灵魂的女性,娴静、理智、善良,穿着华贵而高雅。“你和常人都不一样。这在我,一眼就认了出来!”她第二次见我时郑重其事地说。我相貌粗陋,也并无任何吸引人处,当时她所指究竟何意至今已无从窥知。总之,或许是在人群中孤寂太久,或许是她的道白摇撼了我的心,我们有了来往,也只能称之为“来往”,我想。四个月后,一个温馨的午后,坐在公园长椅上喂鸽子时,她突然提议:“我们结婚吧!”说罢叫我考虑,日落之前给她答复。我无从答复。太阳像沙砾一样钻进我嘴里干鸣。我想将自己全盘托出,倾吐自沉默年代起所有古老温馨的秘密,但终究无从告诉她:我甚至是一只有着阴茎骨的动物。在心撕痛的瞬间,我恍然领悟自身已对她怀有某种心灵的爱。但我们,却不可能结合。从那天起,我再未见她。半年后,她离开所在公司旅居耶路撒冷,又过了两年用剃刀割断了手腕动脉,就像人类中许许多多背负着十字架匍匐前行的人一样,结束自己生命的时候,没留下任何遗书。

得知她的死讯,我悲怆难以自已。她是我唯一用一颗真心交往过的人。至此，我被切断与世界曾有的唯一通道，抛回孤岛。我继续校对账簿核算报表，但一切不再如昔。每每伏案，不由心生荒诞之感，便觉自身既不像人也不像黑猩猩。下班后，就在城市的十字路上往返漫步，而目力所及无不是商品的海洋。我像一个孤儿在没有父亲的城市流浪，就像人类生存在上帝已缺席的世界。城市，愈来愈似一个牢笼。夜幕降临，返回家中，我吃更多的蚂蚁，咀嚼更多青蛙的碎骨。然后疯狂地种植各种植物，让藤叶顺着客厅和卧室四壁生长，将家装扮成小小森林。在灯光下，赤裸地坐在枯死的树干上，模仿我的同类举起石头一遍遍砸开坚果。汗水淋漓时，就奇妙地联想起从未见过面的母亲。在我被人类的盗猎者捕获那天，她被射杀死去，还是至今仍自由地生活在森林中？倘曾有一日在她怀中缱绻，我的灵魂也将得到永生的安息。而今日，我眼睁睁看着被巨大力量裹挟着改造、磨损，在长大中被迫地一遍遍告别自己。我已走到尽头——时间在伤感的风中干涩，载我回家的船已停泊在港湾。所以，是命运教我遇见了它。

去年春天的一天，当我像往常挤在人群中逛动物园时，一眼便望见了新出现的它——一只半驯服的雌黑猩猩。它是如此年轻、鲜活、迷人。它独独望着我，目光流露未经世事的纯真和狂野。相视的一瞬间，我胸口受到地震般的震鸣，心知生活将从此改变。两天后，我辞去工作，卖掉父亲遗留给我的唯一剩下的房子。经一人介绍,又辗转到另一个,最后被领进蚁巢中心一座金字塔似的建筑。这儿聚集了城市所有的官僚,这儿几乎是城市最高大的建筑,而奇怪我以前从未留意它的存在。中间人领我穿过无数办公室走进其中一间,我将半数房款交给了里面的人,对方是动物园的上级官僚。是的,我行贿了他。在这个平庸得窒息的时代,金钱是唯一的通行物。他简单一个电话,使我当上了动物园中的一名饲养员。我也因此接近了它。或许,我并不爱它。但较之人类女性所散发的令我彷徨的体味,与它共处,我才在逝去时间的河床上捡起零碎的自我。

具体犯罪经过我不想复述。对于当晚那位被我推倒跌落山坡而致终身残疾的管理员,我感到抱歉。但我不后悔,自我的孩子出生起,我就开始缜密谋划这起事件。所以,即使在被你们围捕陷入绝境时,我也从不绝望;即使今日我被送上审判席,它又重陷笼舍,我也从不后悔。因为,我们的孩子已获自由,将有人送它回归故乡。它将流淌着我的血液重返自然,孩子是最后的希望,它会站在废墟之上重聚希望的光。你们不必奢望我供出他的去向。无论判我监禁十年还是终身监禁,我都不在乎。因为,在人的社会并不比在监狱自由,人是生而不自由的。

我的陈述到此为止。

作者简介：

朱子正，1988年生，毕业于内蒙古工业大学，现为温州市永嘉县图书馆馆员。

吃猫鼠

王　力

只要来到落马村，首先映入眼帘的一定是那幢最高的房子。最高的房子正好位于落马村的中央，这样一来就算隔着很远的距离看去也会觉得房子有些鹤立鸡群。

说到高房子就需要再说一说不久之前高房子主人一家遇到的一件天大的喜事。

天大的喜事是房主人姐夫的侄子的舅舅荣升省国土资源厅副厅长的高位，在农村，这绝对是一件光宗耀祖的喜事儿。然而他们一家还没来得及为此好好庆祝一番，一件怪事又发生在他们家中。

事情是这样的。

有一天，房主人打开一只上等糕点的盒子。这盒糕点是不久前那位副厅长来走亲戚时吃剩下的。房主人不小心将一块糕点掉落在了地上，马上就有一只瘦骨嶙峋的小黑鼠爬过来将地上的糕点啃光。想不到接下来奇怪的事情就发生了。

原本皮包骨头般瘦小的黑鼠，身体居然如同气球般鼓起来，整个身体瞬间扩大了好多倍，简直可以和成年公狗的体型相媲美。

这一幕让房主人惊呆了，他怀疑这盒糕点含有神奇的功效，于是也啃起糕点来。然而整盒糕点都啃完了，房主人的身上依旧没有发生任何不同寻常的事。再看那只小黑鼠，全身的黑毛如同钢刺般竖起，高昂起头显示出顶层掠食者的剽悍与孤傲气质，全然没有了鼠类应有的狡黠与猥琐。

与众不同的东西往往更加容易得到青睐，这只异变后的黑鼠顿时成了房主人爱护有加的宠物，平日里来去形影不离。怪事也并未就此终止，不久之后发生的另一件怪事又让房主人大吃一惊。

一天午后，无所事事的房主人慵懒地躺在院子的凉椅上睡午觉，大黑鼠就趴在一旁晒太阳。忽然从远处传来了猫的叫声，大黑鼠一下子蹦起来。不远处，一只肥大的家猫出现在视线中。

面对天敌，大黑鼠没有表现出任何畏惧，相反，它的眼中闪烁起代表凶狠和贪婪的光芒。接下来大黑鼠起身一跃向家猫扑过去。待四肢落地时已经将家猫压在身下，动作敏捷得犹如猎豹。家猫发出痛苦的号叫声，大黑鼠张开凶残的大口对着家猫的脖子一口咬下，号叫声就戛然而止了。

杀死家猫后，大黑鼠并没有就此中止，它居然大口地啃食起家猫的尸体，无论是柔软的血肉还是坚硬的骨头都被它的利齿嚼烂，吞咽下肚。不一会儿,一只肥大的家猫就被吃得一点不剩,就连地面的血迹都被舔得干干净净。大黑鼠满意地打了个响亮的饱嗝,重新回到主人身边。

由此,房主人给大黑鼠起了个响当当的名字:吃猫鼠。

之后在并不长的一段时间里,整个落马村的家猫都离奇地消失了,就连平时在村子附近出没的野猫似乎都绝迹了,一时间,落马村里鼠类成灾。更加离奇的是所有作祟的鼠类都盘踞在村子正中央的那幢高房子周围,却从来没有侵入过里面,即便里面有全村数量最多、味道最鲜美的食物也从不进入,似乎里面有令他们敬畏的东西存在。盘踞的鼠类大肆入侵村民的家中,偷食存粮,破坏衣物,村民们用尽了灭鼠的办法到头来却也是收效甚微,为此他们简直苦不堪言。这一系列离奇事件个中的缘由,村民们并不知道,于是各种传言一时间闹得沸沸扬扬。

房主人认为应当在花园中给自己的宠物安置一个豪华的住所,顺便拓宽一下自己家的花园。紧邻着花园的是两间低矮的破旧平房,村民叶土根一家五口人就挤在那两间平房中。如果想要拓宽花园,那么那两间平房就必须要拆除。

没多久,叶土根一家人以喷气式飞机的速度搬离了那两间小平房。那两间小平房很快就被推倒清除了,在原来的地方出现了一间相当气派的小房子,似乎是直接从地下冒出来的,小房子几乎就是前面那幢大房子的缩小版。

小房子冒出来之后的一天，落马村的村主任前来拜访。当村主任刚走进院子的时候就看到前面的地上有一大坨黑不溜秋的玩意儿，远远看去像极了一堆水牛拉下的粪便，村主任似乎已经嗅到了粪便臭烘烘的气味儿。走到近处时，村主任被眼前的东西吓得险些尖叫起来。眼前这坨酷似水牛粪便的玩意儿赫然是一只硕大的黑鼠。

似乎是受到了惊扰，黑鼠紧闭的双眼瞬间睁开，村主任马上看见了两颗充斥着杀气的血红眸子，眸子里似乎还闪烁着对嗜血的渴望。村主任的心脏顿时开始狠狠地捶击左边的胸腔，双腿如风中枯草般摇摆起来。

大黑鼠张开嘴巴，露出那些骷髅色的、如上等刀剑般锋利的獠牙。村主任吓得连连后退，周围的空气仿佛凝固了。

好在过了一会儿，黑鼠重新闭上了眼睛。村主任抹了一把额前的汗珠，快步走开。阳光从身后照过来，村主任的后背已经与衣服紧贴在一起。

房主人正在躺椅上把玩一个黑色的名贵烟斗，村主任在躺椅边站定，首先掏出一根烟递过去，主人挥手挡开那根烟，起身走到旁边一张油漆涂得闪闪发亮的藤椅上坐下来，村主任也堆起笑脸跟过去。这时候主人的两只眼睛往上扬了扬，问道：

“你有什么事吗?”主人脸部露出一丝还算友善的笑容。

村主任将自己对于房主人收购叶土根一家房子拓展花园的看法说了出来,结果主人脸部那丝友善的笑容瞬间消失不见,换之以恼怒的神色。

“我不是已经付了钱吗? 他们一家没跟你说吗?”主人的嘴里横出来一句话,像刀刃般将村主任的话切断。

“说的是,不过两千块钱买人家两间房子未免也少了点,毕竟人家其实也不……”

村主任的这句话也没能说完,打断他的,是一声响亮的拍桌声。

房主人一掌重重地拍在桌上,桌上的东西吓得蹦起老高,村主任的声音也跟着戛然而止。村主任倒吸了一口凉气,只见眼前房主人的脸色已经变作猪肝般的颜色,他马上意识到自己犯下了一个大错。

“我出钱,他让地,一个愿买一个愿卖,还有什么好说的? 你这人真是没完没了,给我滚出去!”主人直接下了逐客令。

村主任只得悻悻离开。房子的大门前有很高的阶梯,走下第一级台阶的时候,村主任的脚不小心被绊了一下,差点直接滚到底下去。

自从村主任拜访之后,吃猫鼠的消息便在落马村里传开了。

所有人都知道那只老鼠不仅身躯庞大，而且还有一个特殊的嗜好：吃猫肉。因此，之前村里所有猫都神秘失踪的原因大家便都心照不宣了。

消息传开后，吃猫鼠就经常扭动着日渐肥硕的身子并高昂着头从村子的每一条道路上走过，无论是村民还是四处寻食的家狗，只要与它相遇就必须退开让道。

省国土资源厅副厅长亲戚的家里有一只吃猫鼠的消息很快传到了县城里，并在县城中所有大街小巷都走了一圈。从那以后，所有前往落马村高房拜访的客人除了带上往日必备的礼品之外，还增加了一件特殊的礼品：一只肥壮的猫。

没过多久，吃猫鼠的名声由县城传到了省城，名头可谓越发响亮。再后来，省城的一家动物园向房主人发出邀请，邀请主人带着吃猫鼠前往省城的动物园表演那项吃猫的绝活。

这可是一个让全家名声大噪的绝佳机会，房主人欣然答应了邀请，全家人第二天就带着吃猫鼠前往省城。

在省城的表演赢得了雷鸣般的掌声，表演结束后，房主人全家在省城多留了几天。一天午后，房主人一家租了一辆车前往景点游玩。租赁来的车有一扇天窗，刚坐进车，房主人就要求司机打开天窗以便让自己的身体伸出车外。

迎面吹来的风分外舒服，更让房主人感到享受的是此刻如同国家领导人巡视般的荣誉之感。他记得20世纪中旬，在阅兵典礼上国家主席不也像自己一样巡视军队，这或许预示着从今日算起往后的某一天，他们家也将出现一位像国家领导人那样的大官，在首都的大街上从车的天窗里探出身子巡视。想到这里，主人的脸上如沐春风，得意地放声大笑起来。

前方是一个转弯路口，路口很宽阔，司机没有减速，或许他自信于自己娴熟的驾车技术，也或许他认为凭借车上一家人的身份，其余的车辆自当退避三舍，总之转弯的时候，他的右脚是猛踩油门的。

车头刚刚转弯过来的时候就响起"嘭"的一声，这自然是撞车时才会发出的声音。两车相撞的那一刻，房主人的身体从天窗里飞了出去，他在空中看到对方车辆也有一扇天窗，而且也打开着。紧接着，房主人从对方车辆的天窗掉了进去，身体正好栽在副驾驶位上。开车的是一个瘦小的老头儿，老头的额头上已经撞出了一个青紫色的包。

房主人的火气马上蹿了上来，他伸手就给小老头一个响亮的耳光，打得他脸红了一大片，这样一来小老头的脸上就有了红、青、紫、黄四种颜色。

"老东西你瞎眼了啊？没看见老子的车过来吗？是你的刹车报废了还是脚报废了？"房主人习惯了在村里横着走道儿，以至于一张嘴,话也是横着出来的。

小老头眯起了眼睛赔礼道:“真是抱歉了,我现在就给交警打电话。”

“你最好赶快打过去！我要让他们给你这种开车不长眼的人一点颜色瞧瞧。”

小老头拨通了交警的电话,大约过了十分钟,交警赶到了现场。两辆车里面的人也全部从车里走了出来。

交警一下车,径直走到小老头面前“啪”地一下子立正,并且敬了一个标准的礼,大声喊道:

“省长好!”

小老头微笑着还礼,脸上的红肿还未消退。

当“省长好”这三个字跳到房主人耳中的那一刻,他感到自己的腿骨好像突然被抽掉了,身体瞬间瘫软下去,原先一直高昂着的头部也磕在省城坚硬的水泥地上,省城的地面好像特别坚硬,硬得让他的额头磕出好大一个包。

事故处理完毕后,房主人一家连夜逃离了省城。之后不久,他们家的那个副厅长因为涉嫌巨额贿赂被组织双开,紧接着锒铛入狱。副厅长落马后,又有一件怪事在落马村发生了。

位于村正中央,也是落马村最高的那幢房子居然迅速往下降低,就好像沉进了泥土里。停止下降后,这幢曾经是全村最高的房子已经比原先全村最破烂最矮的房子还要低半米左右。

这件怪事发生后的第一时间,房主人一家就匆匆搬离了,像一群夹着尾巴逃跑的耗子。房主人一家搬离后,那只曾经让他们全家都扬扬得意的吃猫鼠也跟着不见了踪影,还有那群盘踞在高房子周围的鼠类也散了伙,重新回到漆黑阴冷的地洞当中。

事实上主人家逃离后,那只吃猫鼠一路流浪到了大山深处的原始森林中。置身这片陌生的领域里,它依旧高傲地扬起头,迈着粗大的步伐向前走去。森林的居民接二连三地从吃猫鼠的身边经过,它们并未投来敬畏的目光,而是视而不见地从吃猫鼠身边走过去,甚至没有扭过头来看它一眼。

前面的树丛里走出一只色彩斑斓的巨猫,正向吃猫鼠迎面走来。吃猫鼠发现了猎物,兴奋地加快脚步往前而去准备大快朵颐一番。前面的巨猫,身体真的很庞大,是普通家猫的不知道多少倍,每走一步都将大地震出剧烈的回响。

吃猫鼠并不知道,出现在眼前的并不是什么巨猫,而是一头猛虎,令森林中的百兽谈之色变的冷酷杀手,也是这片领域的霸主。

吃猫鼠先将锋利的爪子在地上磨了磨,然后像往常抓捕家猫那样径直向猛虎的颈部扑去,不料这次自己的脑袋却正好钻进了猛虎刚刚张开的血盆大口中。

猛虎口中的獠牙用力一合,只听见“咔嚓”一声脆响,然后是

"扑通"一声,吃猫鼠没了脑袋的身体跌落在地上。猛虎张开嘴用力一吐,吃猫鼠的脑袋远远地飞出去,掉落在地上然后滚出很远,直到落进小河中消失不见。

接下去,奇怪的事情发生了。

没了脑袋的吃猫鼠尸体像只漏气的气球般迅速缩小下去,最后缩成了平常老鼠身体一般的大小。

吃猫鼠没有脑袋的尸体就静静地卧在原地,其实森林中除了猛虎之外还有很多食肉的居民,但是野狼从吃猫鼠的尸体旁边经过时连停都没有停下来,狐狸经过的时候也从不去嗅一嗅吃猫鼠的尸体,野猪顶多只是用肥大的鼻子去拱一拱吃猫鼠的尸体,然后大步走开。就连喜食腐肉的秃鹫落在那里休息时也对吃猫鼠的尸体不屑一顾。总之,森林中所有食肉居民在吃猫鼠尸体的面前都无一例外地表现出匪夷所思的厌恶来。

于是,吃猫鼠的尸体一直在那里,腐烂,散发出刺鼻的恶臭。这样一来,那个地方就更加没有居民愿意前来,它们都无法忍受那股刺鼻的恶臭。

时间久了,那里渐渐被野草覆盖,但是那股刺鼻的恶臭始终萦绕不散,似乎就执意赖在那里不走了。所以,那里就成为森林居民避之唯恐不及的倒霉之地。

直至有一天,一队探险爱好者无意间在草丛中发现了吃猫鼠的遗骨，他们看到遗骨的表面居然刻着一首诗：

官家老鼠大如狗，见猫前来亦不走。

朝食斗粮夕啖粟，囊腹既鼓万事休。

攀龙附凤借东风，平步青云上凌霄。

只将权贵耀今时，他日落马何足羞？

这依然是怪事一件！

作者简介：

王力，1993年生，浙江兰溪人。曾获第十八届全国新概念作文大赛二等奖、第二届全国青年自由写作大赛优秀奖。曾经在《浙江散文》杂志发表文章《马林果的信仰》，在《交通旅游导报》发表文章《夏日掠影》，作品《用中国精神砥砺伟大复兴》入选《文学港》杂志十九大征文比赛合集。

覃婆婆的挡住

任　重

覃婆婆一个人住在乡下的老屋子里。老屋子四开间，灰墙、青瓦、木棱窗，每个房间挂着一只白炽灯泡，天黑下来，开关一拧，一片惨白。天井里种一棵石榴，靠窗，五月里开了不少谎花，几场风雨下来，落了一地花瓣；一棵无花果，长在天井西南角，六月里开始坐果，已经引来喜甜的蜂蝇。出门一眼手压井，井把上缠了一块旧毛巾，用了多年，已经看不出原来的颜色。压出来的水用不完，沿着墙根淌到撒了扁豆种子的屋檐下。一条土黄色的狗懒洋洋地盘在屋檐下面，看着主人在四季里走动。

覃婆婆只有一个独生子。从这个天井里走出去，去了外地一个城市念了大学，毕业后回到了当地的城市工作，为的是离她近些，方便。儿子也成了家。儿子、媳妇都在城里的大公司做事，距离不算近也不算远，最短一两个星期、最长一两个月，他们都会开着自己的小车子回来探望。每次临走时都希望她搬到他们那里去住，舒适，清闲，但是她死活不肯，家里有一亩几分好地，可以种些苞米、土豆、青菜和萝卜，打春到秋，她多半的时间都花在田里，与挡住一前一后的，日子过得实在，省心，有滋有味。她还喂了好几只鸡鸭。儿子、媳妇每次回来，走时都有点自家的农产品带回，虽说值不了多少钱，但毕竟是自己家的东西，没施过药，没用过饲料，绿色，吃着放心。

要让她一股脑儿扔下这些个东西，去城里享清闲，从窗户里往外看天，还真是舍不得。舍不得的，当然还有挡住了。这条唤作挡住的土狗简直是一条傻狗，傻到不懂人事呢，覃婆婆才给了它这么一个怪怪的名字。覃婆婆的老屋偏一些，快要偏出村落了，一年到头，隔三岔五总会丢一些东西，今天少了一只鸡呀，后天又少了一只鸭呀。可恨挡住从未起过什么作用，到了晚上只顾昏睡，叫唤都懒得叫唤一声。覃婆婆一遍又一遍地呵斥它："也忒窝囊了吧，怎么能这么窝囊！总不至于连家里遭了贼你也看不见吧！你总要把贼挡住啊！"呵斥归呵斥，还是不管用，人家下次照旧一声不吭。只要出了门，覃婆婆走到哪里，它就跟到哪里，就像是覃婆婆的一个影子。若是到了城里，上楼下楼的，多不方便呀。

儿子、媳妇劝得多了，她只好说："嗯呐，等什么时候你们给我生下孙子，我指定会去的。要不现在去了干什么呀，天天坐着吃闲饭，还不活活闷死。"

媳妇就逗她说:“哎哟妈,要是孙女您就不管了?”

覃婆婆说:“孙女也行,这年代了,孙子孙女一个样儿呢。”

儿子、媳妇是从念大学时对上象的,毕业了又在一起上班。成家好几年了,不知是不是因为工作太忙,一直未生养孩子。有了孙子,儿子、媳妇回来时就能捎带着,让他在天井里玩耍,自己去摘石榴花,去够无花果。挡住傻归傻,蠢归蠢,见了小孩子还是蛮亲的,一次跟覃婆婆串门,见了人家里的小孩子,又是摇头又是晃脑,还去舔小孩子的光脚丫。她最大的愿望就是早日看到自己的孙子,当然孙女也成,她没那么封建。她觉得自己已经老了。什么时候看看镜子,都会觉得时间在她这里没误工过一秒钟,感觉那白头发总会又多了一些,脸上的皱纹总会又深了一些似的。而且她发现自己的眼睛似乎越来越不济了,常常看什么都是重影儿,头还经常犯晕。媳妇心细,觉得与娘家患高血压的伯父的症状一样,便给覃婆婆带来一塑料兜的药。覃婆婆按照媳妇的方法吃了药,那些症状居然就减轻了不少。

覃婆婆心里想,这么好的媳妇,一定会生出一个漂亮的孙子来的。

话说念什么来什么。不承想,这年过了,还没等石榴开花儿,果然就有了一个白胖孙子,取名覃小苗。小鼻子小眼睛,透着一股子机灵劲,这是他们老覃家的血脉呀。覃婆婆再不坚持,快刀斩乱麻地把家里的事情安排了，赶来城里照看孙子来了。陪伴她一起来的自然是傻傻的土狗挡住。媳妇开始是有顾虑的，一条土狗，散放在小区里是不行的，养在家里又不卫生，曾建议覃婆婆不要带挡住，送人多好。覃婆婆的意思是，挡住虽然是条又傻又蠢的土狗，还是舍不得扔掉它，担心它被好吃狗肉的主儿当成菜狗给剁了下锅。好在挡住因为傻，所以奇安静，家里开饭时它会静静地钻到桌下，等待扔下的碎骨头、大鱼刺和馒头皮，吃饱喝足之后什么也不管，自顾自跑到角落里蜷缩起来，然后睡个昏天黑地。还有，拉、尿都不在家里，早上开下门，它会自动跑出去，在小区寻一棵感到满意的树，在树下把事情解决了，也不贪玩，立刻折回家，继续它的昏天黑地。

到了晚上，儿子、媳妇和小苗一起睡，覃婆婆自己睡，挡住则睡在覃婆婆房间门口。覃婆婆打呼噜，挡住居然也打，一高一低，一里一外，此起彼伏到天亮。

小苗又白又胖，眉清目秀，惹人怜爱。有点像挡住，吃饱喝足之后，奇安静，注意力集中，一堆玩具自己玩半天，不怎么哭闹，但凡哭闹，多半是饥渴或者哪里不舒服，尿了或是拉了，好带得很。不知从哪天开始，小苗不再安静，哭闹不止，玩具扔得满房间都是。大概其体质弱了些，老感冒，感冒了老好不了。发低烧，流着长长的鼻涕，有时还会淌眼泪，换了好几种幼儿感冒药了，总不见好。

覃婆婆有经验,买来新鲜的生姜切成末,和了红糖,开水冲了,待温度适合时再趁热让小苗喝下去,姜末辣,小苗不愿喝,哇哇大哭,覃婆婆捏着小苗的小鼻子往下灌,然后蒙上被子发汗。果然有效,汗一发,小苗的鼻涕不再流,又恢复到以前的安静了。

小苗居然喜欢跟挡住玩。刚学会吐字,也会学着覃婆婆那样朝挡住模模糊糊地大声嚷嚷:挡居～！过乃呢～！挡住也很配合,乖乖走过来,半蹲或躺在小苗面前,任由小苗的小手掰它的嘴巴,捋它的胡须,薅它的耳朵。小苗玩高兴了还会爬到它的身上,它也不愠不怒,眼睛里漾出顺从的善意,并且一改又傻又蠢的常态,变得聪明起来。有时似乎嫌小苗的爬相不好,它还会在地板上给小苗做示范,四肢着地,作游泳状,双前肢往前伸出的同时双后肢用力蹬,然后两只前爪再用力钩地,这几个动作协调了,身体就会向前移动。小苗机灵着呢,挡住前面示范了几次,他就学会了,很快就爬得像模像样起来。

一家老少都很高兴。午饭时破例赏给了挡住一块带肉的红烧排骨。

但是很快发现小苗又不好了。无端地发起低烧、流鼻涕、淌眼泪。这回没有再给他灌姜末红糖水,儿子、媳妇带他直接去医院看了儿科,验了血,确认是狗毛过敏。这么一来,挡住不能再在家里待下去了,只能离开。挡住不肯离去,在小区里外游荡,哀哀地。

覃婆婆一连几天吃不下饭，睡不着觉，眼看要病倒了，儿子、媳妇一齐劝说，不就是一条狗么，又不是存心赶它走的，在小苗和挡住之间，只能选一个呀，若是再让挡住在家里住下去，弄不好小苗的命都要没了。这样劝了几回，覃婆婆才逐渐想开了，身体也随着胃口一天天好起来。

小区外面一里路远的地方，有一个开放的社区活动中心，里面有一架滑滑梯。天气晴好的时候，覃婆婆每天都带小苗去滑一滑，这样可以晒晒太阳，据说小孩子多晒太阳可以补钙，长个子。再说小苗不怎么好好吃东西，吃一两口就不再吃了，出去活动一下还可以引诱他多吃点东西。一次，突然发现挡住又出现了，敢情它还没跑远！覃婆婆下意识地随手抄起一根枯树枝，高高举起，但是没有打过去，也没有叫它的名字。挡住盯住覃婆婆的眼睛犹疑了片刻，好似明白了什么，低垂下脑袋逃走了。

此后再不见挡住的踪影。是的，已经多日不见挡住了，不知是否被人做了菜。覃婆婆叹口气，心想，狗有狗命，缘分尽了，是死是活，随它去吧。

这是一个普普通通的周末。儿子、儿媳公司里有活动，晚饭不回家吃，覃婆婆带着小苗在活动中心多玩了一会儿。天上往外冒雨星星儿。覃婆婆抱着小苗往家里赶，快到小区门口了，一辆银灰色的面包车抢到路边突然停下，车门打开，一个藏青色的身影从后面闪过,小苗从覃婆婆怀里被夺走了。小苗一定是被那藏青色的家伙捂住了嘴巴,竟一点声音没有。而此刻大街上空空荡荡,看不见一个人。

可以想办法的时间太少了。天哪！小苗要在她手里弄丢了！她将再也看不到自己的孙孙了！她充满绝望,喉咙发紧,但还是威严而急促地朝空旷的大街喊了声“挡住挡住”！

那个藏青色身影下一秒就要跳上面包车了,谢天谢地！这时不知从哪里横空闪出来一道土黄色,像一把锋利的斧头一般无比准确地敲在了藏青色身影的一条腿上,藏青色身影随之发出一声没腔没调的惨叫,两手一挓挲,小苗跌坐到地上。

“挡住,挡住!”覃婆婆忍不住又喊了一句,扑过去一把抱起小苗,口中念叨着奶奶的乖宝宝,同时泪水哗地从眼眶里涌出来。

“藏青色”忍痛从面包车里摸出一截黑乎乎的硬物,猛打挡住的头。

挡住依然死死咬住了“藏青色”不肯松口。

很快就围拢了好多人。“藏青色”被赶来的警察带走了。儿子、媳妇也赶回来了,争着抱小苗。覃婆婆越想越后怕,一句话说不出,站在一旁浑身打哆嗦。小苗倒是像什么也没有发生过似的,用了稚嫩的声音在喊:“挡居～!”大家这才想起挡住,一齐扭头去看,发现它纹丝不动地躺在路边,枕着一大摊血,奇安静。

作者简介：

任重，山东莱州人。北京师范大学历史学博士，浙江农林大学文化学院常务副院长、教授。著有长篇小说《裸眠谷》《绳仁的荒野》，中篇小说《新闻圈》《大师》《西藏舞蹈》等。

手结的绒线衣

李　浔

昨天晚上我在天气预报中看到今天是下雨的，但太阳从早晨开始一直到现在仍然挂在我的头顶，我想我怎么总是碰到意外呢。

意外就意外吧。我从中心广场出来的路上，看见伊毛嘴里叼着一支雪糕，一脸凉气地向我走来。伊毛是一个自由职业者，他打牌、喝啤酒或者逗女孩笑都是他的重点工作。我们曾经每天糊乎在一起，但好景不长，直到有一天他突然向我的女朋友月季求爱时我就离开了他。大概有三年了吧，我没见过他，也没有听到有关他的任何消息，说准确点就是我已经彻底把他忘了。

伊毛正向我走来，那支雪糕始终没有脱离他那只讨厌的嘴唇。本来我想马上转过身去，但我看见他身上的那件灰色的绒线衣时，我的视线却完全粘住了伊毛。这件绒线衣是我曾经的女朋友、现在的妻子月季为我打的，我穿着它度过了我和月季的两年恋爱生活，结婚那天，我记得月季一脸妩媚之后又一脸正经地告诉我，她将把我的那件绒线衣锁进只有她知道的那个箱子。当时我笑得非常灿烂,我完全能够理解月季的心情,这样的道理我们都懂,婚姻是爱情的坟墓,我想,月季大概是为了纪念我和她的恋爱,把那件绒线衣锁进她青春的坟墓里了。

伊毛已剪短了他的长发,他的长发经常使我感觉到里面是虱子的温床。伊毛终于走到我的身边,他拍着我的肩膀,同时递给我一支烟。烟是劣质的烟,我才吸了一口就呛得眼泪渗出了眼眶。

你怎么一个人在广场?伊毛的雪糕已经吃完,那片小小的木条被他轻轻地一扬就从春风中坠落在草丛里。

广场?我好像很难回答伊毛的问题,但我毕竟已出声了。我的眼睛始终盯着他身上的那件灰色绒线衣。

听说你们还没有孩子,多没意思。伊毛望都没望我一眼说。

我看见了他的手上有一些雪糕的汁渍,后来那只手终于在我的猜测中碰上了那件绒线衣。

你怎么啦?见到朋友连话都不说了。伊毛的嘴总是没有闲着,过去是这样,现在也是。

我以为你已去了北京,没想到你仍在这里。我心不在焉地说。

是的,我是去了北京。三年了,今天刚回来,没想到一回来就碰上了你。伊毛的手又肆无忌惮地在那件绒线衣上来回地揉搓着,这时我才发现,那件绒线衣的前襟上,油光贼亮,我完全可以想象到的，那里有许多羊肉泡馍、巧克力、劣质烟渣以及各种北京小吃的气息。

我想，这个世界上不可能有一模一样的手结的绒线衣，现在我已在绒线衣的左肩上找到了属于我的痕迹。在那个部位，有一个不易察觉的结，它是这条绒线衣唯一一次受伤的痕迹。

三年前的一个下午，我穿着绒线衣来到一个叫祖英的女孩的宿舍。祖英是一家医院的护士，人长得眉清目秀，手也白皙干净，一看就是一个稍稍有点洁癖的女人。我和她的认识是从编辑和作者开始的，当时她还是护校的学生，经常寄一些小诗和散文给我。有一次我在实在空闲的时候，仔细地改动了她的一篇散文，并把它刊登在我们晚报的文艺副刊上。从此之后，祖英给我寄稿的频率有了大幅度上升，当然，她在给我寄的文艺作品之外，也有一些家常话，譬如说她剪短了长发，焗了棕色的头发，又说她做梦去了西安或新疆，等等。后来，看祖英给我的信也成了我工作的一部分，它们为我在工作的时间里增添了许多像小浪花一样的情趣。但下班后，祖英的信和稿件从来没有闪现在我的业余生活中。记得当时我成天穿着月季那件代表一针一线总关情的绒线衣上班，和月季约会，和朋友打牌聊天，我和月季的爱情坚不可摧。但有一天我突然接到祖英的电话，她说，她已毕业了，在一家医院的急诊室打针输液。她要求我在晚上去她宿舍看看她的新作。我在电话的另一端似乎犹豫了一下，但我还是答应了她，当时我可以说没有心怀杂念，我满脑子仍然是月季的笑容和海誓山盟。我答应去祖英的宿舍完全是出于好奇，因为我只是见过祖英一次，我所见到的祖英是一个扎着小辫子的腼腆小姑娘，后来，在她的信中得知她经常改变发型和服饰，我只是想见见现在的祖英究竟是怎样了。于是那天晚上我穿着月季为我结的那件绒线衣一路顺风地来到了祖英的宿舍。

祖英搽了口红，脸仍白白的，成熟了许多。小辫子早就不复存在了。她见到我后，脸上的微笑已呈现出一个女人的姿态了。面对一个女人，我觉得脸红了，本来随便的心情一点点在脸上消退了。

祖英说，你随便坐。

我傻站在那里，只觉得灯光太亮。

祖英说，你喜欢喝咖啡还是茶。

我坐在凳子上，把头弯得很低，翻看一张我毫无兴趣的《中国护理报》。

祖英说，看看我的散文和诗吧。

那天晚上，我并没有翻看祖英的散文和诗，我只觉得我想马上离开这个奇怪的宿舍。我离开祖英宿舍的时候，门上的挂钩钩住了我的左肩，就这样月季为我手结的绒线衣断了一根绒线。为了表示对这条绒线的珍惜，我特意到织补商店修补了那根断了的绒线。

伊毛还站在我的面前，他由于阳光强烈而眯着眼睛。我似乎找不出一句话来对他说些什么。大约过了一会儿，我终于掉过头看向了别处。

伊毛说，今晚我们喝酒去。

我一步一步离开了伊毛。

伊毛说，今晚我俩一定要喝醉，我讲个故事给你听。

我越走越快，甩开了伊毛。

伊毛说，这个故事的主角应该是你。

我已基本上听不清伊毛在说些什么了。

我回到家时，月季正在厨房洗菜做饭。傍晚的阳光从窗户照进来，最后落在她那微微有些卷曲的头发上，并且呈现出金黄色的色彩。

我脱掉了外衣，瘫坐在电视机对面的沙发上，点燃了烟，我想告诉月季说伊毛已回来了。但我没有说出口，我只是不停地揿着电视机的遥控开关。电视机里正在播放中东地区的新闻，我所看到的是倒塌的房屋、被炸的工厂以及充满了恨和泪的脸。

月季从厨房里出来，她看了我好长一会儿说，伊毛打来过电话。

我并没有说话,我知道自己的表情和电视里阿拉伯人的脸一样,我知道自己抽烟的姿态有点凶狠,我还知道月季肯定看清楚了我脸上的反应。

月季说,伊毛说今晚来我们家吃饭。

我说,刚才我碰上他了,我想和他在外面吃。

月季说,你们已经见面了?

我没有回答月季的话,只是艰难地从沙上站了起来走向门边,我临出门时回头看了一眼月季,月季的嘴角却洋溢着傍晚的笑容。

我在小区里走得很慢,远远地我看见伊毛从前面走来。我不想见他,准确说我不想见这件绒线衣,于是我往另一条便道走去。我在那里站了很长时间,出来时,伊毛已不见了踪影。

我在离家很近的一家小酒店里坐了下来,服务员拿着菜单飞快地在我身边记着我要的炒菜,才过一会儿,我面前的桌上摆了满满一桌的酒菜。我喝酒的速度很快, 而那些菜我似乎没动,为我点菜的那个服务员坐在离我不远的那张桌边,用一只手撑在脸上看着我喝酒。

我已记不清我是怎样离开那家小酒店的。我醒来的时候发现自己在一家咖啡馆里的沙发上。咖啡馆的女老板看到我醒来后满脸堆笑地告诉我,说我喝醉后是那个小酒店的老板把我扶进来的。为感谢她能让我睡沙发,我掏了几张大票塞在她的手里就走出了那家咖啡馆。

街上的行人已经很少了。我看了表才知道已过了零点,我慢慢地走着回家。我想,伊毛现在肯定还在我家,有可能还搂着月季正说着和感情有关的事。

我在上楼的时候,脚步越走越慢。我似乎觉得自己都怕进自己的家门。在门边我又找了很长时间的钥匙,最后发现钥匙正拿在自己的手里。我开了门,揿亮了灯,脱了皮鞋之后,才发现除了卧室有灯光外,其他的房间毫无动静。我望着卧室的门想,有可能伊毛在里面正等我进去摊牌。

我并没有走进卧室,而是坐在沙发上抽烟,突然我感觉到满屋子全是一些酒味,嗅着酒味,我仿佛看到伊毛和月季频频举杯,月季的脸红得娇美,而伊毛的眼睛里却闪烁出红红的色情的光芒。可以想象,后来伊毛和月季由于酒的力量,也许还掉了许多激动的眼泪,他俩就相拥在一起。

那天晚上我始终没有走进卧室,我躺在沙发上在想象中睡着了。早晨我醒来的时候,只见月季留给我的纸条上写着,昨晚伊毛一晚上都在找我,她说伊毛至少打了30个电话来。我望着那张纸条久久地没有出声,我想,这是不可能的事。

第二天我没去上班,我来到了我最好的朋友吴村的单位。吴村看到我去找他,表露出非常吃惊的神情。

吴村说，你脸色不太好。

我没有接他的话，只是点燃了烟。

吴村说，你究竟怎么啦？

我的眼睛已积了厚厚的一层热气。

吴村说，别忙，慢慢说，我先给你倒杯水再说。

我在吴村的办公室，向他倾诉我内心的痛苦。天气已转热了，我说得满头大汗，我看见吴村听得也满头大汗，我临走的时候，吴村一直送我到他医院的门口。

吴村说，既然这样，你该考虑重新衡量你和月季的感情了。

我望了一眼吴村，说心里话，我直到现在仍深深地爱着月季。

吴村说，既然这样，你该和她摊牌了。

我不敢接吴村的话，我是怕失去月季。

吴村说，你再不和她分手，你就不是一个男人了。

我走得很快，最后终于逃离了吴村的声音。

在街上我呆立在一棵悬铃木的树下，我环顾四周，完全是一些陌生的男人和女人从我身边匆匆走过，他们甚至连看都没看我一眼地从我身边匆匆走过。我想，我究竟该怎么办？

那天下午，我在家睡觉的时候，电话铃固执地响个不停。我耐心地等待着铃声的停息，但它就是响个不停。我拿起话筒，就听见了伊毛的声音。

伊毛在电话里说，你怎么啦？你真的不理我了？

我没有搁下电话，只是把话筒挪得离耳朵远了些。

伊毛在电话里说，你不该因为我向月季求过婚就把我当成敌人。

我把话筒又挪得离耳朵远了些。

伊毛在电话里说，我们是朋友，朋友是永远的。何况月季当时就毫不犹豫地拒绝了我。

我终于搁下了电话。我想，伊毛也太不是个人了，到了这种地步还假惺惺地把我当小孩哄。

晚饭的时候，月季回来了，我看见她一脸疲倦的样子。月季在厨房里做饭的时候，我迅速地调整了我对这一事件的心态，我想，等吃了晚饭后，和月季正式谈谈这件事。不管我是否爱月季，但事情到了这种地步我也只好这样了。

吃晚饭的时候，月季似乎变了一个人。

月季说，昨晚你没和伊毛在一起？

我望着月季的脸不知该怎么样回答她的话。

月季说，你回家后怎么也不进房睡，睡在沙发上多不舒服。

我还是望着月季的脸没有说话，我想，月季已不是过去清纯的月季了，撒谎的时候也是面不改色心不跳了。

月季说，昨晚伊毛打了一晚上的电话来，好像是有急事找你，他毕竟是你的朋友。

我狠狠地瞪了一眼月季，这时我真想用我的手掌狠狠地在她脸上打一个响亮的耳光。

月季说，其实这事你根本用不着记恨伊毛，我对伊毛一点意思都没有，如果有，当初我为啥嫁你而不是嫁他。

我听了月季的话似乎觉得有些道理，有一瞬间我似乎已经消气了。但我突然想到伊毛身上的绒线衣时，我目光中的光亮又暗淡下来。

这时电话铃响了起来。月季没有想去接的意思，我听电话铃响了一会儿就站起身拿起了电话机。

伊毛在电话里面说，你别走，我马上来。

我还没有说话，伊毛就搁掉了电话。我回到桌边想，来就来吧，谁怕谁。

有好一会儿，我和月季都没有说话，我想月季心里也和我一样明白。这样的事除了爱之外还有什么呢，等会儿伊毛来了就会水落石出的，就像我们刚才吃剩的菜碗一样，吃掉了上面的菜就见到了碗底。

门铃终于在我和月季的沉默中响了起来，我没有站起身的意思，月季看了我一眼，犹豫了一下还是去开门了。

伊毛仍然是一副自由散漫的样子，他的脸上并没有一丝一毫的歉意。

伊毛说,你不在家时我是绝对不敢来的,昨天我想在你家享受一下家庭的温馨,没想到你却躲开了。

我没有说话,但我也没有一丝空闲,因为我的眼睛在每时每刻观察着月季脸上的表情。我看见月季先走进了厨房,然后走了出来,她手里拿着茶杯,小心翼翼地走到伊毛的身边,在放茶杯的时候,我突然看见月季的瞳孔在渐渐地放大,她的脸上也慢慢地散发着恐怖的神色。

过了许久,月季回到自己的座位。

月季说,伊毛,你的绒线衣从哪里来的?

伊毛说,绒线衣的图案很美,你要就给你吧,不过我有一个条件,我给你绒线衣,你要做一顿饭给我吃。

月季说,快说,你的绒线衣从哪里来的?

月季的声音已夹杂着急促的声音,我看见伊毛听了月季的话后才回过头来认真地看了一眼月季,当他看到月季恐怖的脸色时才严肃起来。

伊毛说,月季,你别这样看我,这绒线衣是朋友送给我的。

月季和我同时问,是谁?快说。

伊毛说,是吴村呀,你们怎么啦?

月季在听了伊毛的话后,脸色白得像医院病房里的墙壁,而我却像坠落在一团云雾的深渊之中。

大约过了许久,伊毛似乎醒悟到他身上的那件吴村送给他的绒线衣是一个巨大的阴谋了。伊毛脱下了那件绒线衣,他走进了厨房,我听见他在厨房里翻箱倒柜的声音,最后,他终于手拎着一瓶葡萄酒走了出来,像一个主人一般在我和月季的面前倒满了酒杯。

伊毛说,来, 我们先喝杯酒再说。

我和月季都没有动面前的酒杯。

伊毛说,来,喝吧,喝完了我说个故事给你们听。

我和月季同时喝完了那瓶酒,有同样的速度、同样的姿态,就像三年前我和月季在婚礼上的姿势一样。

伊毛说,你们结婚前,我曾向月季求过婚,其实这绝对是一场玩笑。当时我由于做了一笔生意亏了 20 多万元钱,我碰到吴村时就和他说起了这事,吴村非常够哥们儿,他说,我可以借你 10 万元钱让你先还一部分,但有一个条件。我说什么条件,他说想和你们开一场玩笑,首先要我向月季求婚,但要做得像真的一样。当时我就毫不犹豫地答应了, 你们想想看,当时我的处境哪里有玩笑的心情,我只是想马上得到 10 万元钱再说。于是当天晚上我找到月季信誓旦旦地说了一番求爱的话。后来,我又去了一次南方,我回来后才知道你们已经结婚了。我从南方回来后,你对我总是爱理不理的样子,连给我解释的机会都没有。有一次我去吴村家,吴村听了我和你的事之后,就拿出了这件绒线衣给了我,他说,你去北京吧,我再借你 2 万块钱,也许会有发展的。我临走的那天,吴村送我去了车站,临分手的时候,他神情诡秘地对我说,带上这件绒线衣,回来的时候就穿了这件绒线衣来看看月季和你,你们会理解我的。

听了伊毛的话后,我仍然不能明白这件绒线衣的来龙去脉。我回头看了一眼月季,只见月季的脸色显得更加苍白。过了一会儿,月季走进卧室,我隐约听到她在打电话,后来我听到卧室时传来一声尖锐的哭声,我冲进卧室的时候,看见月季的两个手腕全在流血。血染红了我们的床。

第二天中午,我和伊毛站在医院的病房里,病床上的月季大睁着眼睛看着窗外的天空,却一直没有出声。这时我已预感到月季和吴村之间总有一些不可告人的秘密,但怎么想,却想不出有什么可怀疑的事情来。

月季出院的那天,她的心情似乎好了许多,回家的路上,我和伊毛都看到她的嘴角曾露出一丝不易察觉的笑容。

那天中午的饭菜都是月季做的,月季坐在桌边为我和伊毛斟满了酒杯。月季说,事到如今应该由我来解释了。

我和伊毛喝完了杯中酒,特别是我,我拿酒杯的手有一些微微发抖，我想，月季和吴村怎么会黏糊在一起呢。

月季指了指我说，我和你结婚是一种错误，但和你结婚也是我的幸运。

我看见月季的眼角已渗出了晶亮的泪花。

月季说，这件事说来话长，该从和你认识之前说起。我四岁的时候就认识吴村了，我们从小就是邻居，我工作之后就开始和吴村形影不离了。也可以说我们是一对恋人，吴村这人不是特别坏，但是心眼却很小。有时我在他在面前撒撒小姐脾气，他也会寸步不让的。时间长了，我终于下定决心和他分了手。但是我和吴村的分手也不是一帆风顺的，我们分手后好过，好了之后又分手，就这样来来回回有四五次。我们分手后，他经常来电话威胁我，说我不和他好下去，他就不会让我有安宁的日子，更不会让我顺利地找一个男友。就这样我和他僵持了大约有一年时间。直到我认识你为止，才正式和他分手。

我和你恋爱之后，吴村也来找过我。他还告诉我，他和你是朋友。有几次我想悄悄地离开你，但实在不想失去你。我和你结婚的前一天，吴村打电话把我约了出去，他咬牙切齿地告诉我，说他将把我和他是恋人的关系告诉你。当时我真想跳进河去。大概是吴村看我想到死后了，态度就软了下来。后来他要求我把那件为你结的绒线衣在结婚的当天给他，说留个纪念。当时我想得比较简单，我想给他了衣服，我可以安宁地结婚也不错了。

那天我看到伊毛穿了那件衣服来我家时，起先有点糊涂了，后来我觉得肯定是吴村的恶作剧，他在报复我，我来到卧室给吴村打了电话，吴村在电话里恶狠狠地告诉我，说这还只是他报复的开始，今后我别怀孕，我一怀孕他就告诉你说这孩子是你和我生下的。当时我听了吴村的话后，真正绝望到了极点，于是我想到了死。

那天晚上，我和月季、伊毛都很少说话，我们只是不停地喝酒。夜已很深了，伊毛说，既然大家都清楚了，你们也犯不着生气。

月季说，没想到吴村会是这样的人。

我说，月季，这绒线衣你亲手把它拆了，重新为我打一件吧。

伊毛说，对，拆了。但今天你俩要陪我好好喝一晚。

整个晚上，我们三个不停地喝酒，除了碰杯还是碰杯，那条绒线衣委屈在墙角，但谁也没看它一眼。

作者简介：

李浔，中国作家协会会员、湖州市作家协会副主席、湖州市文学学会副会长。出版九部诗集和一部中短篇小说集。作品两次获《诗刊》奖、两次获《星星诗刊》奖。诗集《独步爱情》《又见江南》分别获浙江省第二届、第四届文学奖。

奶奶的棺材

潼河水

门前的大柳树枝繁叶茂，每一年夏天，树下都会聚集很多村民聊天纳凉。奶奶纳着鞋底儿，听着他们天南海北谈古论今地瞎侃。有时聊到有趣的事，总是笑声不断。笑声淹没了烦人的蝉鸣。来喜说，东庄的家旺你们知道不？几个妇女说，卖什么关子，谁不知道啊。不就是喜欢爬灰的事么。来喜嘻嘻笑道，你们就知道爬灰，是不是喜欢被爬灰啊。几个妇女一边笑骂，一边跑过来一阵撕扯，弄得来喜连连求饶，好了，好了，各位姑奶奶，俺错了，俺打自己嘴巴子。说完，啪啪两声，好像脸上突然被人扔了两颗炮仗。妇女们收了手，是不是又有什么花边新闻了？奶奶停下了活计，人群顿时静了下来，蝉声此起彼伏在夜色里烦人地荡漾。来喜瘦瘦的，说话细细的，一副半男不女的腔调，话说今年夏天，也就是昨天中午，家旺抱着哭闹的小孙子满庄子找儿媳妇。最后在二流家找到了，几个女人在炸金花。家旺媳妇抱过儿子，要给他喂奶。小孩子脾气很犟,脚蹬手刨,又哭又闹。家旺说,熊孩子,有奶吃还哭,你不吃,我吃了。人们听了来喜半真半假的叙述,一阵疯笑。奶奶笑出了眼泪。笑声淹没了蝉声。

这样的夏夜,这样的说笑,一直到我八岁的时候,大柳树被两个木匠用大锯锯倒后就再没有了。大柳树躺在门口的菜园边,上边盖着稻草,稻草上边又盖着秧田里用过的破旧的塑料布。爹爹说,等它慢慢阴干了,就找木匠给你奶奶打六六同棺材。我问,爹,什么是六六同啊。爹爹说,就是喜材的上盖、帮子、前后板和底子都是六寸,一样厚。奶奶给辣椒秧浇水,直起腰,要死,你先死,老不死的,咒人啊。我就坐在木头上,听他们说笑,好像死亡不是什么可怕的事情,可以随便拿来说笑。前年二奶死时,奶奶和一个婶子给她擦洗身子,穿上漂亮的大红袄、绿色的棉裤、黑色的灯芯绒圆头鞋。我问奶奶,奶奶,二奶穿这么漂亮干吗?她要走亲戚吗?还是去赶集啊?奶奶一脸严肃,小孩子不要乱说话,二奶要到天堂去,当然要穿漂亮的衣服啦。我似懂非懂地点点头。天堂是什么样子?我跑出来抬头望望天,除了很多星星眨着眼睛,什么也看不到。我又跑进屋,奶奶,天堂一点也不好玩,都是星星。奶奶瞟了我一眼,以后星星就是二奶的邻居了。我更糊涂了。正在我准备继续追问时,妈妈一把撮到我,回家,小孩子真是事多,还不滚回家睡觉。我被妈妈提小鸡一样拎着后衣领拎回了家,扔到了木床上。

躺在床上，那天夜里，我听到几遍从二奶家传来的女人的哭声。男人们为什么不哭呢？人家说，男人都疼女人。疼女人，为什么要让女人哭呢？我看过妈妈哭过一次，没有声音，只是默默地站在堂屋的桌子边一边吃饭一边流泪。泪水滴在碗里，让稀饭更稀了。大大吼，嚎什么嚎，还不下地割麦。妈妈真的不哭了，几口喝了稀饭，摸起镰刀和磨刀石，戴顶麦秸编的草帽下地了。入殓时，二奶被一帮男人抬进了棺材，很多女人扒着棺材，拽着二奶使劲地哭。一个男人用手推着一个女人，哭什么哭，活着时多孝顺点就好了。女人哭得更厉害了，撕心裂肺地数叨。那女人是二奶的三儿媳。我心软，也莫名其妙地哭起来，眼睛都哭红了。一个岁数比爹爹还大的男人吩咐盖棺。棺板被女人们砸得啪啪响，像要叫醒里边的二奶。二奶根本不理会她们，她要到天堂找新邻居了。一个身上背着帆布袋，手上拿着铁锤的木匠，用力地在棺材的两边用手工钻打眼。打好眼，从包里拿出裹着黄纸和黄麻的半截红筷子，先在棺材的左边前后各钉一根，再在棺材的右边前边钉一根。我问，奶奶说，你二爹还没有走，现在二奶先走了，只能钉三根。木匠口里念念有词，二奶奶，躲钉喔，二奶奶，躲钉喔。二奶是躺在棺材里的，钉是钉在棺盖的下方，我真担心二奶突然坐起来，被筷子碰到。当我大一点懂事了，感觉那时的想法多么的幼稚。然而这种幼稚的问题一直纠缠我到现在。

◎奶奶的棺材

二奶奶的棺材在家里放了三天,灵棚用白色的塑料布搭在门前,很多人前来拜祭。儿孙们跪在两边,夜晚也在边上打地铺看守。棺前的老盆里积了厚厚的灰烬,长命灯不分昼夜地亮着。长命灯是一条棉花做成的灯捻子,置在碗边,碗里倒上素油。唢呐班吹着时而悲哀时而欢快的曲子。整个村子因为二奶奶的离去热闹非凡。

晚上,儿孙们去村外拜了土地爷土地奶奶,他们围着土地庙转了三圈。两个人抬着水桶,一个人不停地用勺子舀水泼洒,俗称"点汤"。转完后,在庙前的路上烧了花轿、电视机、楼房。一个人还用木棍去砸它们,烟灰在火光里像蝴蝶一样飞舞,竹竿儿噼噼啪啪,发出骨折一般的声音。

木匠请来了。还是以前锯树的那两个。木匠用粗粗的麻绳把大柳树的腰部捆上,两边的绳头拴在揳入地下的木桩上。木匠们站在高高的板凳上,用力地来回扯着大锯。锯末在寒风里飘舞,雪花一样。木匠热了,脱了上衣,赤着身,远看像落水的人,双手拼命地够着木头。太阳出来了,又下去了。木匠把大柳树调了个头,又开始锯了。奶奶端过一碗凉茶,双手举过头顶,歇歇,喝口茶。木匠接过大碗,咕噜咕噜地喝了下去。奶奶又递一碗给左边的木匠,木匠弯了一下腰,接过奶奶举过头顶的茶碗,然后直起腰,右手端碗,左手背捶了几下腰,也咕噜咕噜地一饮而尽。我坐在墙根的石头上，石头都被我焐热了。奶奶说，还不进屋去，小心石头冰拉肚子。要不，去跟小孩子玩去。我从小身体不好，性格孤僻，不喜欢跟其他孩子玩耍，总喜欢一个人待着。大大有时骂我是呆子。妈妈会说，都怪你，自己不养，让他奶惯的。我们兄妹六个，大大又不识字，虽然担任大队干部，但从来不贪污，也不会贪污。从我记事起，家里就一直举债过日子。奶奶总说，这样的日子什么时候才是个头啊。

锯末又开始飞舞，风也大了许多，地上的锯末也被旋了起来。奶奶说，把眼闭上，别迷了眼。我嗷了一声，紧闭双眼，什么都看不见了。只感觉寒风刮在脸上凉飕飕的，整个村子灌满了冷风，不知道何时才能刮完。屁股下边的石头还有一点热气，努力地向上爬着。石头是长条形的，上边刻着密密麻麻的字。那些字笔画很多，一个老师说是繁体字。他趴在上边琢磨了半天也没有认全。他站起来，扶了扶眼镜，对着大家说，此碑刻于清同治九年，也就是1870年，是宿迁官府刻的，通俗讲就是一份官府的文件。人们的兴致被提了起来，原来天天躺在墙根的石头是件宝贝啊。老师清了清嗓子，话说雍正二年，乌鸦岭渡口乃官府所设，有马船一艘。摆渡的人由苏姓和来安庙的空皆、均悉雨等经营。并规定，三年一小修，六年一大修。官府批给苏姓人家和寺庙良田五顷。有几年收成不好，渡口生意惨淡，船也不修了。苏启尃、苏庆方、苏庆茂、僧空皆、均悉雨等商议准备出卖渡口,到山河庄购置土地七顷。官府知道后,前来调查。说,渡口土地虽然卖了,但是渡口不能卖,仍然归寺庙和苏姓世代管理。官府态度比较强硬,并且刻了这块石碑,永久保存。人们听了老师的一番叙述,都说,老师就是老师。柳枝上有几只麻雀,一动不动,好像也在专心地听讲。后来他们又说起粗俗的乡野趣事,麻雀们在人们一阵阵笑声中叽叽喳喳一会儿就飞向不远处的稻田。

木段锯成了一块块板子,木匠开始为死去的人盖漂亮的房子了。木匠对爹爹奶奶说,我干了几十年木匠活,你们家的喜材是最好的。在开工之前,我必须按祖师爷的规矩办事。奶奶问,什么规矩啊?木匠说,棺头的板子叫棺帽,第一斧从它下手。奶奶说,从哪下手那就下呗。木匠说,丑话说前头,我第一斧下去,如果木块飞远了,你们得意思一下,买条香烟;如果落在斧下呢,香烟就免了。奶奶一脸疑惑,还有那么多讲究啊。木匠看着奶奶和爹爹,谁都希望长命百岁,活着时做喜材最好大吉大利。奶奶说,是啊,谁想死呢。一个木匠的手里提着斧头,另一个木匠双手扶着木头。他们好像刽子手,在执行一项神圣而又血腥的任务。提着斧头的木匠说,我真希望木屑飞得远远的,飞到河南岸,那样你们两口子还能活一百岁。奶奶笑道,那不成老妖婆了。爹爹也说,我就是老妖怪喽。木匠哈哈大笑,一斧头劈下去,一块巴掌大的木屑飞出五六米远。木匠连说，好好，吉利吉利，我宁愿不要香烟。

两天后，棺材做好了。奶奶对木匠说，桐油多刷几遍。木匠答，都刷三遍了。奶奶说，能不能再刷一遍。木匠摇摇头，摇了很久，像拨浪鼓，刷四遍不吉利，四和死谐音，不是咒人嘛。奶奶的嘴张了几十秒没有合拢，成了一个“O”形，原来打喜材还有这么多道道啊。

二奶出殡的那天，八个人抬着沉重的棺材。很多人戴着白色的孝帽，有的帽子上缝块小小的红布条，和我一样。我和二奶的孙子们走在人群的最前面。二奶的大孙子排第一，手里提着马灯，说是给二奶奶照路。阳光明亮亮的，马灯罩里的光亮微弱得像一粒黄豆。在我们身后是二奶的三个孝子，腰里系着麻绳，脖子里吊着长长的白布，个个悲悲戚戚，鼻涕眼泪挂在脸上，即使流下来也不擦拭。他们像展示多少年藏在内心的古董，看，我们是真的，不是赝品。过村头小桥时，提马灯的大孙子说，过桥了，奶奶，过桥了，奶奶。不远处路上有个坑，大孙子说，奶奶，前面路不平，小心啊，奶奶。我暗暗发笑，二奶在棺材里，被人抬着，她根本没有走路。这种享受，人的一生只有两次。听奶奶说过，二奶结婚的时候，也是被八抬大轿抬回家的，热闹隆重。现在也是八个人抬着，不过不是抬去家，而是抬下了地，二奶永远地离开了他们的村庄和她熟悉的家人。那块地离村庄有三里多，有很多坟墓，远看，秋天像荒漠里的蒙古包;夏天长满野草,像大大小小的丘陵。女人们哭到村头就回去了,一路上都是男人,只有二奶是女人。二奶好幸福啊。

二奶的棺材被放进了土坑里。第一锨的土由大儿子填。我听到土落在棺材盖上的声音,一声闷响。那是土地最后一次向二奶问好。大儿子抓了一把新土放在刚才装纸钱的斗里,义无反顾地走了,儿孙们也都跟着义无反顾地走了。他们不能回头,这是祖祖辈辈传下的规矩。我偷偷地回头看了一眼,看到很多人用杨瓦子用力地向坑里填土。几个抬棺材的人慢悠悠地跟在后边,说说笑笑。

前边的路口燃起了熊熊大火。二奶睡过的麦草、穿过的衣服在火里变形扭曲。几个抬棺材的人把杠子和扁担在火上烤一下才继续走路。我闻到了麦草的香味。

棺材做好了,刷了三遍桐油的木板油光锃亮,有点晃眼。我问,奶奶,放在外边不抬进去吗?奶奶说,过两天找人抬进屋里,现在跑跑味儿。棺材的两边挂着红布条,很喜庆。我和几个小朋友围着它跑,红布条被我们拉起来的风吹得飘起来了,像棺材的红翅膀。几个小朋友脖子里的红领巾也飘动起来,尤其是脖子后边,被风鼓着,像大海里的红帆船。红领巾多漂亮啊,如果我脖子里也有多好,我会跑得比他们还快。奶奶嚷道,疯跑什么,都回家吃饭去。几个孩子才抹着头上的汗珠子,怏怏离去。他们脖子上的红领巾垂了下来，就像路边的高粱穗子，落满灰尘，脏兮兮的。也许上边有他们的眼泪和鼻涕。他们不是说，红领巾是烈士的鲜血染红的吗？他们为什么要擦脏东西在上边呢？有几次，我拉过他们的红领巾用鼻子闻，除了难闻的汗味，没有什么血腥的味道啊。呵呵，老师是骗子。

爹爹请了八个人才把棺材弄进屋，放在靠南墙的地方。奶奶的床在北边，离它仅仅一米多远。只要我一醒来，首先映入眼帘的就是幽暗而又神秘的棺材。月光轻轻地走进来，卧在棺盖上，薄如轻纱。窗棂犹如剪刀把月光裁成一条一条，从棺盖延伸到奶奶的床前。奶奶的一双布鞋上也披着轻纱，像落了一层霜。布鞋帮子上还粘着菜园里的泥巴，泥巴上的霜显得更重，好像翻耕过的土地凉在深秋的夜里，寂寞荒凉。刚深耕过的田地，土块闪着犁铧的光泽，一股植物根部散发的味道扑鼻而来。坐下来再看看耕地，好像置身于湖泊，田地翻卷着波浪，无声无息。我用手摸摸奶奶的鞋，凉凉的，用嘴舔舔手指，暖暖的。我的手是热的。奶奶翻了个身，不睡觉，折腾什么？我没有理她，马上眯起眼睛，装睡。不过，很快就睡着了。

奶奶每隔几天就用抹布擦一下棺材。她擦得很细致，先擦棺盖，然后依次棺帽、棺帮、棺后板、棺脚板。奶奶的表情严肃，像在做一件神圣的事情。我问奶奶，它又不脏，老是擦它干吗？奶奶说，就像人身上的衣服，几天不洗就脏了。我说，它又不是衣服。奶奶说，它比衣服重要。奶奶也用棺材盛种粮，大豆、玉米、麦子。种粮被奶奶一遍遍用簸箕扇簸，除去土、草籽等杂物。她说，不能让脏东西进去棺材里边。我说，种子不脏吗？奶奶的语气有点责备，种子怎么会脏呢？我明白，种子和棺材一样，在奶奶的心目中都很神圣。有时，我也要帮奶奶擦，奶奶说，一边玩去，小孩子少碰。我问，为什么啊。奶奶说，小孩子少问。

奶奶老得真快，我从学校回来一次，奶奶就苍老一次。走路不稳，双手颤颤巍巍地哆嗦，说话颠三倒四，背又驼了许多。奶奶在擦棺盖的时候，身子趴在边上，膀子好像伸不直了。我说，奶奶，我帮你擦吧。奶奶的眼睛眯成了一条缝，她看了我一眼，也许她根本看不清我了，说，小孩子少碰。我说，我已经大了，不是小孩子。奶奶说，不结婚永远是个小孩子。我坐在凳子上，看着奶奶笨拙的动作，心里发酸。她一遍遍地擦拭，木板发出黄亮亮的光泽。我听到了木板的声音，金属一样的坚硬。我劝奶奶，擦得够干净的了，歇歇吧。奶奶说，马上就好啦，你渴了，自己倒水喝。我倒了杯水，走出草屋，坐在门旁的石碑上，石碑有点凉凉的，还有那些繁体字。

每一年暑假，我都到湖里割草。二奶的坟上已经杂草丛生，坟头的哭丧棒是柳树做的，现在也长成了几株柳树。墓碑掩映在树的后边，被柳枝拂着，悠闲而又神秘。这些柳树能长成大树吗？能遮风避雨吗？即使可以，活着的人也不会来到这里。我背着一篮子草，经过墓地的时候，急匆匆地。我有点惧怕看那些坟墓。小时候不，长大了才有这种感觉。人的胆子随着年龄的增长，却越来越小。奶奶也是，她说，她不想死，想抱抱重孙子。我说，早呢，我才多大啊。

奶奶最终没有等到抱抱重孙子。她躺在麦草上，气息奄奄。我们在她边上的桌子上喝酒，商量后事。现在墓地要一万八，最便宜的也要八千。到底买一万八的，还是买八千的，三个儿子争论不休。三爷喝酒后，嗓门特大。我离开桌子，来到奶奶跟前。奶奶紧闭着双眼，眼角还有两行眼泪。我用手去擦，凉凉的，我知道，她的眼泪已经挂在眼角很久了。奶奶，不要伤心，他们不是吵架，是商量事情。奶奶嘴角动了动。我问，奶奶，你想说什么就说吧。奶奶的手指动了动，我握住了她的枯瘦的手，很凉很凉。奶奶的声音异常微弱，像就要燃烧尽的灯火。我的耳朵贴着奶奶的脸，仍然听不清。我说，奶奶，你不说我也知道，你不想火化，不想到大考山的公墓。奶奶的嘴又动了动，我听到了她的声音，烧了太可惜了。我心如刀割，眼泪流出来了。我的泪水滴在奶奶的手上，热热的，这是我留给奶奶最后的温暖。我说，奶奶，你走了不火化，不火化，和二奶埋在一起。奶奶嘴角又动了动，喉咙里好像有巨石滚动，发出一阵阵呼噜呼噜的响声。奶奶的嘴巴张了又张，要吐出那口浓重的痰。痰始终没有吐出，顽固地阻碍着奶奶最后的表达。奶奶的嘴里呼出一口浊气后，嘴巴紧紧闭上了。听大人说，这口气有毒很脏。我不怕，我没有捂住鼻子，仍然握着奶奶的手。奶奶的身子是圣洁的，她临终时把人世间浸染她几十年的毒气污浊全部吐出来了。我大声地叫着奶奶奶奶，随后一阵号啕大哭。叔伯们只是流泪，没有作声。妈妈和婶娘哭声一片，像决堤的黄河水，冲出大门，淹了村庄，淹了农田。很多庄邻赶来，默默地陪着流泪。奶奶也像二奶一样，几天前就穿上了姑姑给她买的漂亮的送老衣。妈妈端来半盆热水，拿来毛巾，给奶奶洗脸。毛巾是热的，不知道奶奶能不能感到一些温暖。小时候，奶奶经常给我洗脸。我有时调皮，不洗，看奶奶拿毛巾就跑。奶奶在后边追我，劳神鬼，快站住。奶奶追上我，一手攥住我的衣领，一手用毛巾给我洗脸。

脸洗好后，妈妈在奶奶的脸上蒙上一张黄纸。奶奶的头边放只碗，倒上素油，加了棉花捻子，父亲半跪着，打火机“啪嗒”了几声才打出火来，像火石摩擦的声音。

奶奶没有进她心爱的棺材，也没有进那块庄西头的墓地。奶奶进了小小的深红色的骨灰盒，进了县城郊外的大考山公墓。

第二年暑假的时候，我坐在墙根的石头上看书。我看到一个人拎着小桶，里边是红漆，一个人拿着刷子。他们在每家每户的墙上写上大大的“拆”字。几年前就听说村子要拆了，看来传言不是空穴来风。县里要把这片土地卖了，开什么奶牛场。

那个拿刷子的人写得非常快，非常熟练，好像经过了专业训练。他不知道写这个字，会令多少人无比的伤痛。他不管，还是写啊写啊，一个村庄一个村庄地写，每家每户地写，直到把所有人的心都拆碎了。

寒假的时候，村子里开来了挖掘机。这时的村庄已经空了，他们有钱的买房，无钱的租房，还有人在自家的地头临时搭个棚子。因为我家的山芋还没有收，离县城远，干活不方便，父亲就在地头搭个塑料棚子。

挖掘机开到了奶奶的菜园边。它举起手臂，只轻轻地一钩，房子就塌了。檩条、瓦片发出骨折般的声音。大梁一个趔趄，倾倒在奶奶的棺材上，发出一声巨响，像乌云相撞的雷鸣。尘土飞扬的村庄，就像硝烟弥漫的战场。

短短几个小时，整个村子被夷为平地。

我用了很大的劲才把棺材上的大梁移过去。我找来清水和毛巾，慢慢地轻拂着上边的粉尘，擦啊，擦啊，直到擦出了亮光，黄亮亮的那种。随后又扒出那块石头，用清水冲刷三遍，那些字更加清晰了。

◎奶奶的棺材

作者简介：

潼河水，本名陈非，1968 年生，江苏泗洪人。于《延安文学》《北方文学》《微型小说选刊》《语文周报》《百花园》《小小说月刊》《小小说选刊》等刊物发表中短篇小说二十余万字。著有《陈非诗选》。担任电影《爸爸在北京》编剧。

杀　狗

徐彦胜

娘生头一胎时，爹摸着娘的肚皮，给里面的孩子取名字。爹说，叫大虎吧，听着有虎气。娘说丫头崽呢？爹武断地说，我说男崽就男崽！果然，大虎出生了。大虎一岁时，娘的肚皮又拱起来了，爹摸着娘的肚皮，给里面的孩子取名二虎。于是，二虎出生了。

过两年，大虎三岁，二虎二岁，娘的肚皮又拱起来了，这次爹没心思摸娘的肚皮，摸不摸都一样，反正顺着叫三虎了，当然丫头崽除外，乡下人取名不用费脑子。

其实娘生三虎心神不宁，怀孕时，爹被村里派去修水库了，兼任民兵连长的生产队长趁机把娘给睡了，因此闹不清三虎到底是谁的种。三虎出生了，和大虎、二虎一样塌鼻子，一样小眼睛，娘放心了。

到了大虎九岁，二虎八岁，三虎六岁，娘的肚皮又拱起来了。三虎说："娘要生小孩子了。"二虎点头表示同意。大虎认为自己是大哥，以老大自居，敲敲三虎的头：“大人的事，别多嘴！”

转眼，爹的肚皮也拱起来了，大虎二虎三虎一起傻眼了，觉得男人还能生孩子，简直闻所未闻。

原来爹和娘得了肺气肿，无药可治。娘把大虎二虎三虎喊到床前，流着泪说：“娘对不住你们，没把你们拉扯大。大虎二虎三虎，你们要团结在一起，合在一起，就没人欺负你们了。”

大虎安慰娘说：“娘放心，我和二虎三虎一起吃，一起睡，没人欺负我们。”

娘说：“你们要没吃了，就去找生产队长，生产队长是好人，一定会管你们的。”刚刚进入 1973 年的春季，娘实在没人托付这三只虎，觉得只有生产队长还欠着她。

爹和娘入土了，成了一堆新坟。在一堆新坟面前，大虎提提裤子，对二虎三虎说：“走，找生产队长，娘说他会管我们的。”

生产队长问遍村子里的人，谁愿意管大虎二虎三虎，口粮就给谁家。可家家都有好几个孩子，人人自顾不暇，谁都没吭声。

大虎说：“我们会做饭，我们的口粮自己做着自己吃，放在旁人那里我们不放心。”

生产队长说：“村里决定了，你们每天按定量供应。大虎四两，二虎三两，三虎二两。”

二虎三虎不乐意。

二虎说:“大虎为啥比我多一两?”

三虎说:“二虎为啥比我多一两?”

二虎、三虎让大虎也跟着他们撩起衣裳,一样脏得黑不溜秋的肚皮展现在生产队长眼前。他们一致认为肚皮一样大,口粮就应该一样多。

生产队长想笑,但没笑,他说:“好了好了,你们都三两,一样多。”

依着生产队长说的数,大虎伸出手指头掐算了半天,手指不够用,就让二虎的手指头来顶数,却越算越糊涂。他们实在太小了。

最后,大虎一本正经地对生产队长说:“你不能少我的秤。”

三只虎真的会做饭。大虎淘米,二虎在灶口烧火,三虎屁颠屁颠搬运柴火。饭熟了,拌着霉干菜,霉干菜少油,但三只虎吧唧吧唧吃得像三只小猪崽。

吃毕不久,三虎嚷着说饿了,二虎也觉得饿,大虎想想是饿了。于是三只虎一起又煮吃的了。有时一天吃四顿五顿,有时玩过去了,一天只记得吃一顿。夜里,哥仨抱在一起,窝在一堆破棉絮里。白天,三兄弟在阳光下一样的黑不溜秋,一样贼头贼脑的小眼睛。

离下次分口粮的日子还没过到一半,粮食吃完了。去找生产队长。生产队长说,逑,比大人还能吃,口粮都有定量的,我不管。

大虎说:“你不管,我就把你家猫宰了吃。”

◎杀　狗

生产队长家有头黑猫，不肥也不瘦，但挺会捉老鼠。过了几天，生产队长家的猫真的不见了，被大虎二虎三虎淹死剥了皮吃到肚皮里去了。又过了几天，大虎二虎三虎饿着肚子去见生产队长。生产队长说："你们真的把我家的猫吃了。"

大虎说："早屙成屎了。"

二虎笑笑，没说话。

三虎说："猫肉真好吃，可惜太瘦了。"

生产队长想生气。看见大虎二虎三虎头发老长，长时间没洗，一绺一绺的，成团了。身上的衣服破成一片一片地挂着，长时间没洗，看不出原来的颜色了。

生产队长觉得不该生气，摆摆手说："吃就吃了吧。不过口粮确实没有。"

大虎说："你不管，我就把你家的狗宰了吃。"

生产队长有条黄狗，养得肥不拉几的。现在恰好在生产队长的身边。这条黄狗看着大虎二虎三虎，感到很好奇，走过去嗅嗅大虎的脚，走过去闻闻二虎的裤腿，又转过身去亲亲三虎的手。三虎的手被黄狗弄得痒痒的，三虎笑着摸了摸黄狗的头。生产队长一脚，把黄狗踹跑了。

三只老虎在家开会。

二虎说："买药给狗吃，药死就好了。"

大虎不屑,学着生产队长说:“逑,要有钱,我们早买东西喂肚子了。”

三虎向来不动脑子,动脑子的事都由大虎二虎出主意。二虎没了好主意,就和三虎一起看着大虎。

大虎说:“智取。”

二虎三虎不懂,大虎解释说先和狗交朋友,等生产队长的狗把我们当朋友了,再吃它的肉也不迟。

三只虎开始满村子找猪肉骨头。那是 1973 年 4 月,正是笔者呱呱落地满月之日。那天家里摆了满月酒,请了村里其他的头面人物来坐席。

三只虎在我家院子里探头探脑,我父亲就是生产队长。他可怜起见,把三只老虎喊到厨房,让我娘给他们每人一个粗瓷大碗,碗里装满米饭,米饭上面是油油的肥肉。

大虎吃了三碗,二虎吃了三碗,三虎肚子小,吃了两碗,但还想和他哥俩一样吃三碗,最终只吃了两碗。

我娘说:“你们真能吃。”

大虎拍了拍肚皮:“婶,我们这是饿的。”

二虎也拍拍肚皮:“爹和娘死后,从没吃过这么好吃的东西。”

三虎学着拍肚皮,说:“要是天天吃就好了。”

三头虎开始在我家收集猪肉骨头。我娘奇怪。大虎告诉我娘收购站八分钱收猪肉骨头。

我娘听了,眼圈红了,恨不得把全家所有的猪肉骨头给了他们。

我满月酒那天,我家的那条黄狗正蹲在桌子底下啃骨头。大虎要三虎去把黄狗嘴里啃着的骨头给夺过来。二虎不解,问大虎,我们捡的骨头不就是给它吃的嘛。

大虎从这时候起养成了用不屑的口气对二虎说话,大虎说:“逑,这能跟我们给它吃的相比吗?”

收集到的猪肉骨头用家里唯一的一口布袋装着。三虎饿着的时候,就想到那些骨头上丁点的肉丝。二虎心里也在想。

大虎开导他们:“要吃到狗肉,就得给它好处,你们要想吃狗肉,就不要去想猪骨头。”

想到有狗肉吃,二虎三虎也不太觉得饿了。

此后的日子,生产队长的黄狗总到三只虎家啃骨头。开始它叼起猪肉骨头就走,接着同意趴在他们身边啃骨头了,后来即使不给骨头它也摇着尾巴来了。它把三只虎当成了好朋友。生产队长日理万机,早把大虎说宰他家的狗的事给忘到脑瓜子后面去了。

动手的时候到了。

三只虎把准备好的绳子悬在屋梁上,大虎把绳子一头套在黄狗的脖子上,用劲一勒,就跑过去和二虎拉紧绳索的另一头。狗腾空而起，喉咙里呜呜咽咽，张牙舞爪地在空中荡来荡去。

按照早已策划好的，三虎拿着棍子，专门去打狗的鼻子。狗的鼻子最脆弱，一敲就死了。

三虎握着棍子，打了好几次都打不到狗的鼻子。三虎急了，哭丧着脸："哥咧，咋办？"

大虎急了。大虎让二虎一人拉紧绳子，不要让狗着地。可大虎刚一松手，二虎吃不住狗的重量。大虎松不得手，骂了一声，叫三虎笨蛋。

大虎说："笨蛋，过来。"

笨蛋过去了。大虎又怕三虎抓不住绳子，想了个法子。和二虎协力把绳子拴在三虎的腰上。狗的重量约莫三十斤，三虎有二十来斤，但这样也可万无一失了。

大虎走过去拿起棍子，忍不住回头看了他的弟弟们：绳索拴在三虎的腰上，二虎抱住三虎的腰。二虎三虎用热切的眼光望着大虎。大虎为自己能想到这法子露出了笑容。

一下，两下，三下，打了二九十八下。十八下有三下打中狗鼻子。狗在空中呜呜叫着，晃荡个不停。

这次轮到二虎焦急了，骂了声大虎的娘，却也自忖没有大虎力气大，怕是连狗鼻子也挨不到。时间一长，二虎的力气少了许多，这样重量就往狗这边倾斜了，三虎的双脚离了地。慌得三虎哭将起来，恍惚觉得不是在杀狗，而是在杀他自己。二虎连忙紧紧抱住三虎。

大虎认为自己的弟弟太不争气了，喝道："哭个屁，没用的笨蛋，让生产队长听到了，拿枪放了你。"

三虎只好闭起嘴巴，眼泪啪嗒啪嗒往下掉。一时之间，屋里的景象颇为惊心动魄。

时间仿佛有一个世纪那么长。狗不知是被勒死的，还是被打死的。反正现在它睁着狗眼，双腿直挺挺的。

三只虎终于可以松口气了，一高兴，忘记了下面的次序。先是二虎放开了抱住的三虎，让狗落在地上后，三虎悬挂在半空中。俯身挂在半空的三虎也没觉得有什么不妥，仰着脸兴奋地看着死了的狗和大虎二虎，想着就要吃到肚子里的狗肉。

大虎二虎手忙脚乱去解拴在狗脖子上的绳子，绳子解开，三虎那头失重，"叭"的一声，三虎摔在地上，大虎二虎转头往三虎瞧去，见三虎脸朝下摔在地上。

二虎惊叫了一声："妈呀，我看见狗的腿动了一下。"

大虎胆战心惊，同二虎顾不到在地上一动不动的三虎，竖起耳朵，两眼不瞬地看着狗。

狗好像没有动。

大虎问二虎："你看见狗动没有。"

二虎竭力为自己辩白："真的，真的看见狗动了，左腿那么动了一下。"二虎为了证明清白，还让自己的左腿那么动了一下。

大虎二虎观察许久，一致认为狗是死透了。这时，他们才想到趴在地上的三虎，大虎走过去把三虎翻了身，三虎闭着眼睛，似乎睡着的模样。

二虎说："三虎睡了。"

大虎也以为三虎睡着了，经此一役，大家都感到累。大虎二虎合力把睡觉的三虎抬到平时睡觉的破棉絮里。

大虎就让二虎烧开水，自己拿出家里唯一的一把菜刀，上次宰生产队长的猫，用的就是这把刀，菜刀豁了几个口子，钝了许多。两个人分工有序。大虎拿出磨刀石，准备磨菜刀。二虎搬运柴火，预备烧灶火。

大虎终于把刀砍向狗脖颈，皮没破，狗毛到处乱飞。

二虎说："人都说刀是越用越锋利。我们家的刀就很少用。"

大虎说："你的屁话比三虎还多，说些没用的。"

后来他们改砍为锯。像锯木头一样，在狗颈上锯，锯破了皮，露出了肉，遇着骨头，就轮流拿石头碰在刀背上。折腾一番，锅里的开水都热了三遍了，狗终于分成五大块。

大虎在院子里刨了一个坑，二虎把狗头放进去，大虎用手把泥土填平。二人一起用脚把土踩实。

大虎说:“我们终于有狗肉吃了。”

大虎掏出他的小鸡鸡,对着新土撒了泡尿,二虎也跟着撒尿。回到屋里,把其中的一大块狗肉放入锅里煮到沸腾,捞出来褪去狗毛,再放到换过水的锅中,直到锅里飘散出狗肉的香气。这时,时间已经到了下半夜。

闻到了狗肉的香气,大虎没有忘记三虎,说:“三虎三虎,吃肉啦。”二虎走过去,踢踢在破棉絮里的三虎。三虎一声不吭。大虎和二虎围在三虎身边,大虎伸手摸三虎的鼻息。

大虎说:“死了!?”

二虎去推三虎,三虎身子晃来晃去,依旧一声不吭。一时之间,大虎二虎大眼瞪小眼,但不久,狗肉香气让大虎二虎忘记了三虎。他们专心对付锅里的那块狗肉去了。

吃完狗肉,大虎二虎眼都睁不开了,踉踉跄跄走向那堆破棉絮,像平时睡觉一样,三虎在中间,大虎二虎睡两边。

翌日上午,大虎二虎醒来,眼屎把小眼睛糊得睁不开,而且嘴巴还口干舌燥。一起比赛喝水,“咕嘟——咕嘟”。肚子里有隔夜的狗肉和刚喝下的水,就想屙屎了。在院子里一字排开,撅着屁股屙屎。

二虎的脸上还留着昨夜流鼻血的痕迹,说:“我流鼻血了。”

大虎训二虎:“活该,谁叫你不要命就知道吃。”

二虎越来越见不得大虎没事摆谱充老大，心想咱哥们都一样，昨晚吃狗肉时也没见你停过。可二虎到了紧要关头，把想说的话变成了“嗯嗯啊”挺舒服地叹气，二虎满足地宣布：“我屙出来了。”

大虎看着二虎屁股下面那根硬邦邦的黑黑的屎，不再说话，憋着气，做大哥的任何事都不能落在后面。但大虎没有忘了三虎，对二虎说：

“三虎——”

屙完屎，大虎二虎又把三虎忘了，因为饿了。于是，又搬柴火烧锅煮上一大块狗肉。就这么着，一整天，大虎二虎不出门，专心致志对付狗肉。等到吃完第二块狗肉时，大虎二虎又在自家院子里使劲屙屎。现在他们认为屙屎是最舒服的事情。人吃饱了才有大便拉，没吃饱屙个屁。所以他们宁愿天天吃饱，天天屙屎。

大虎记起三虎，说：“三虎——”

二虎仰着头，说：“我又流鼻血了，我会不会死——”

话没说完全，生产队长出现了。生产队长闻到了飘散出来的狗肉香气，气得直跳脚，在村子里谁都怵他三分，现在倒好，一个十岁，一个九岁，一个七岁的小屁孩，太岁头上动土，先把他家一只猫给吃了，然后把他家的狗给吃了。

生产队长揣着公家发给他的步枪，问大虎二虎：“你们真把我的狗给宰了？”

大虎说:“我早就跟你说过,要把你家的狗给宰了吃。”

生产队长气得拉拉枪栓,枪上没装子弹,说:“逑,还真敢。不信我枪毙了你们。”

大虎挺起胸,说:“我们口粮吃完了,你又不给,叫我们吃什么?”

二虎接下大虎的话茬,说:“我们只能吃你家可以吃的东西。”

二虎的话让生产队长头皮发炸。生产队长家还养着一头猪,猪有百把斤,小崽子们怕是没力气干这事。可儿子刚过满月,要是这三个小崽子饿起来,什么事情都做得出。生产队长不敢往下想,但又下不了台,就收起枪挂着肩膀上,在屋里巡视一圈,踩着一地的狗毛,看了看锅里的狗肉,走到那堆破棉絮边,用脚踢了踢三虎。

大虎说:“三虎死了。”

二虎说:“三虎摔死了……”

生产队长一声不吭地从三只虎的家出来,脸色很“水”。“水”是我们乡下的土话,意思是说遇到了唬人的事情。闻到狗肉香气的村里人跟在生产队长的脚跟后头,走进三只虎的家门,后来也很“水”地出来了。

喂饱小崽子的肚皮,是件头等大事。当晚,生产队长主持召开村集体会议。生产队长在会上的第一句话是:“把他们当作祖宗供着吧。”于是,大虎二虎由生产队安排活计,和大人一样记工分,吃住在瓜地，饭食由每户轮流去送饭。村子里的人很快把瓜棚修葺好了，而且在大虎二虎去看守瓜地之前，相帮着把三虎下葬在他们爹娘坟头旁边。

看着爹娘旁边的一堆新坟，大虎说："三虎不再害怕了。"

瓜地在离村西头二里地的河滩上，河滩边有一个深不见底的水潭。那时已是夏至，瓜地的西瓜见天就长。往年的这个时节，小屁孩们做梦都想着去那个地方。

……

待我长大到大虎一般年龄，村西头河滩荒芜了，但那口水潭仍然吸引着我们，每到夏天，我不顾大人的叮嘱偷偷去游泳，直到我父亲——当年的生产队长知道后，非常愤怒地打了我一记响亮的耳光。

作者简介：

徐彦胜，衢州市作家协会会员。长篇小说《我本良善》由作家出版社出版。作品发表于《佛山文艺》《电力报》等期刊。

兄　弟

帅泽兵

丙德傍晚收工回家时,看到一只小鸡正在偷吃自家菜地里的韭菜叶子。丙德心想,你这只鸡好大的贼胆,偷菜也要看主人呵。他信手把锄头一扔。不料手头上的准星欠缺了点,本来瞄准的是鸡头,力求一击毙命,结果却砸中了那只小公鸡的翅膀。众所周知,一只活蹦乱跳的公鸡砸伤了半边翅膀又能有什么呢?只见小公鸡扑腾了几下,原地打了几个转,留下了一地鸡毛和不断飞舞的尘土,毕竟还是让它慌慌张张地逃走了。丙德神色沮丧地走上前去,拾起锄头,闷闷不乐地回了家。全然没有料到有一种凶险正迫在眉睫。

丙德的确没有想到,他那锄头砸鸡的一幕恰好落到了鸡的主人易生眼里。邻居易生当时正隐藏在不远处的一块棉花田里查看农作物的长势,为棉铃虫害、久旱无雨而忧心忡忡。闹腾声中,他见自家的那只打鸣报时的小公鸡差点命丧丙德之手,非常恼怒。

易生心想，好你个丙德，打狗看主人的古训你早就记住了，去年春天村主任老谢家的那只大黄狗差点咬掉了你们家独生子良果的命根，也没见你吱上一声。事后不久，大黄狗摇晃着尾巴去你们家捡骨头吃，你还觍着笑脸摸上几下狗头，唯恐让老谢见了觉得你存心怠慢。现在我易生的鸡说破了天，也不过是偷吃了你们家菜地里的几片韭菜叶子，说不定还是在帮你消灭菜虫哩，你如何就下了这种狠心，想要公鸡的命？你是真真正正没有把鸡的主人我放在眼里呵？好好好，你既然做得这么绝，不讲一丁点儿邻居的情分，那老子豁出去了也要和你斗一番，斗一斗你的狠，挫一挫你的锐气。

易生躲在家中磨刀霍霍为修理丙德做积极准备的时候，丙德也从老婆那里听到了一些消息，得知那只小公鸡来自邻居易生家。丙德听后不由勃然大怒，好你个易生呵，我今年初夏还送了你们家三根黄瓜和两个茄子呢，现在倒好，你尝到了甜头之后不思图报，居然还打发自家的鸡来我们家的菜园偷吃？真是忘恩负义，恩将仇报啊你？既然你狗×的易生这么不仁，那就不能怪我丙德不义了。丙德卷起衣袖，气势汹汹加耀武扬威般地跨出院门，想给易生一顿好打。冷不防却从这个邻居的院子中听到了某种声音。丙德心中一紧，偷偷摸摸地从院墙上的一个小洞里向内窥望，眼前所见到的一幕让他大吃一惊。只见易生横眉怒目，一把抓住蹲在他旁边的那只半大的白狗，强行摁倒在地之后，一刀剁去了半边狗头。

躲在院墙外的丙德看得两腿打战，连忙奔回家中，连头也不敢回。

等到好不容易平静下来，丙德手持镰刀在院子里来回踱步，他越想越觉得咽不下这口气。这个易生，实在是太过分了，偷吃韭菜也就罢了，还想要人的命不成？有你这样蛮横的吗？你这是故意剁给我看的啊易生，你这是向我示威啊易生！晚饭过后，丙德气咻咻地提上了两斤谷酒去找自己的本家兄弟乙仁寻求对策。乙仁当时正蹲在灶台下吃晚饭，借着丙德提来的这两斤谷酒，两人开怀畅饮。在听完丙德的絮叨后，乙仁抹了抹嘴巴，也深感愤慨，这个易生，太爱贪小便宜了。乡政府贴在电线杆上的通知他几乎每一次都不肯放过，要抢先撕下来带回家中作为引火之用，搞得我包蔬菜种子的纸张都遍寻不到。现在更是变本加厉，连邻居家的菜都要偷吃了，没有偷成，竟然还想要行凶报复。这还了得，这还是一个本分的庄稼人应当做的事情吗？念过几年小学能粗通文墨的乙仁当即表态，这个头我是出定了，就算你不是我的兄弟，我也要伸张正义，为岭下村的精神文明建设与社会治安的稳定做出我应有的努力。

不幸的是，丙德先前的偷窥行为走漏了风声，被人告知了易生，这次暗中求援亦被一路尾随准备伺机而动的易生所发觉。易生心想不好，这个丙德居心不良，铁了心是想要以多欺少了。我告诉你，我易生还不至于就真的人缘那么差。话又说回来，你丙德出了一丁点事情就找本家兄弟出头相助又算得了什么英雄好汉,你看我易生的,我不但有本家兄弟帮忙,我还能找到几个外姓的人来帮忙。

易生说干就干,立即推迟了他的复仇计划,筹谋招兵买马,大干一场。当天夜里,经过一番苦思冥想,易生回忆起了去年五月,初夏时节,岭上村的光棍王长寿路过岭下村时,在自家的井台旁喝过自己亲手递上去的一瓢井水,不但如此,他还在院中的桃树下乘了一会儿凉。俗话说得好,受人滴水之恩当以涌泉相报。何况我易生送给他王长寿的还是满满的一瓢水。

易生连夜从床头爬起来,披上单衣,拔腿就走。等赶到岭上村时,已经是半夜三更。还处于睡眼蒙眬之中的王长寿刚开始对于易生的相邀是不持赞同态度的。王长寿说,那一年五月,桃花凋谢时,我的确是在你们家喝过一碗凉水,也和你们家两口子唠过半天嗑,论理是得帮你这一次。但问题是,丙德和我无冤无仇,我下不了手哇。

易生连忙补充说道,这狗×的丙德的确是和你王老弟无冤无仇,但丙德自恃兄弟子侄众多,一向横行霸道,这些情况你是知道的。像这种泼皮无赖你也当真容得下,你的正义感都到哪里去了?去年十月在丁家坡赶集,他丙德当着众人的面摸了你们岭上村的美人坯子曾小华的大奶,这事闹得沸沸扬扬,难道你也没有听说过？这岭上村村花曾小华的奶子是他丙德一个外村的人应该摸的吗，这是摆明了不把你们岭上村的男人们放在眼里嘛。易生说得唾沫横飞，一脸激动。

王长寿说，是可忍，孰不可忍也。提到这件事情我就来火。这个丙德，也真是的，老子作为本村的人都还没来得及上手细细品味一番，他一个外村的人倒是先把曾小华的奶子摸上了。王长寿和易生计议道，丙德本家兄弟众多，要想把他扳倒，非得多请一些帮手不可。两人经过了一番窃窃私语的密谋，决定兵分两路，各自相邀可能助阵之人，力争一战成功，给那个不知好歹的丙德一点颜色瞧瞧。

与王长寿和易生事先的预料一模一样。丙德果真找齐了自己的所有本家兄弟和直系亲属共同议事，包括大哥甲本、二哥乙仁、四弟丁孝以及舅佬旺盛、连襟兴隆等人。丙德的意思是，既然狗×的易生想动刀子了，那就是说，非得要放他一次血不可了。但问题是，易生的血却也不是谁想放就放，不是那么容易就放得了的。除了易生本人身强体壮，性格暴躁，一向喜欢争强斗狠，想要对他下手的时机比较难掌握之外，他还有两个同样虎背熊腰的兄长，分别是现任村民小组组长的容存和做拖拉机运输生意的合安。那个二哥合安为人平和倒也罢了，关键是易生的大哥容存，他曾经因为某人在村民小组会议上和他唱了反调而大打出手，一下子就把对方打成骨折。现在幺弟易生有了血光之灾,做大哥的容存怎么可能置身事外,这种人又如何敢去轻易招惹?

不过值得庆幸的是,容存也并非无懈可击。容存的儿子万福生性软弱,老实木讷,很早以前就有了一个“可怜虫”的别称。所以眼看着奔三的人了,同龄人的孩子都能相帮着拾柴或打猪草了,他却至今没有成家立业。这让做爹的人在众人面前又如何抬得起头呢?事实上,容存半夜梦醒时都免不了要为此长吁短叹一番。鉴于这种情况,作为知情人也就是容存的邻居丁孝提出了他的建议:舍不得孩子就套不住狼,干脆把二哥乙仁的女儿兰花嫁给万福得了。

乙仁对此感到很为难。女儿兰花的确是大了,已到了女大当嫁的年龄。但兰花才十八九岁,虽说不是如花似玉,相貌人品总过得去,和万福的年龄也相距远了一些。两人实在是不般配。何况万福不甚中用,这不是摆明了要把兰花往火坑里推么。乙仁摇头不语,对提议者丁孝更是满腔怒火。丁孝看出了乙仁的不悦,连忙表态,只要兰花嫁给万福,他就把自家的那头大黄牛充作贺礼献给乙仁,以助丙德一臂之力。丁孝的意思是想要强调,他可是从这件事中拿不到任何好处的。丁孝的发言提醒了丙德,丙德也说,只要这回二哥乙仁帮他这个大忙,侄女兰花的嫁妆就由他出面置办好了。虽然内心并不愉悦,觉得一朵鲜花插在了牛粪上,但考虑到丙德的面子难却，外加一头大黄牛的贺礼，乙仁也就只好半推半就地同意了。

果然不出众人所料。当容存听说只要他和幺弟易生决裂就能换回儿子万福的一桩美满婚姻时，差不多把头都要点断了。为了取得丙德等人的信任和好感，容存还自告奋勇道，这个易生，一贯好强斗狠，破坏家规，这次我不但不会帮他，我还要亲自出马，大义灭亲，打他一个半身不遂。有了容存的这种表态，加上容存一家在彩礼问题上的不还价政策，万福和兰花的婚事就算最终说定了。双方约定，等解决了易生后就尽快完婚。

易生听说自己的大哥容存临阵倒戈的消息，大吃一惊。他原本约齐了一帮三教九流之人，准备挑一个黄道吉日向邻居丙德下战书的。孰料出了这种丑事，连自家的兄弟都要刻意反对自己，这让他的面上很是无光。易生不敢——也是没脸——再在村里住了，他连夜把妻子儿女送到岳丈那里，收拾了细软行李，躲藏到岭上村王长寿的家中。易生不是一个轻易服输之人。他变卖了金银首饰，四处联络和拉拢，计划和丙德打一场持久的战争。应当说，易生的这一招以退为进的策略是非常有效的。一来，易生可以到处哭诉，说自己遭到了丙德的威胁和欺压，被迫妻离子散，远走他乡，这在无形之中为他赢得了一些同情分和舆论上的明显优势；二来，易生躲起来后，他就隐藏在了暗处，丙德暴露在了明处。俗话说得好，明枪易躲，暗箭难防。形势对于丙德来说，那是相当不利了。

从来只有千年做贼，而没有千年防贼的道理。丙德不想束手待毙，受易生的暗袭，那就唯有想方设法，哪怕是掘地三尺呢，也得尽早把易生给找出来，寻求一个彻底的了结。但可惜的是，山岭乡方圆数十公里二十多个村庄，山大沟深，人海茫茫。就凭丙德几个本家的兄弟和直系亲属，加上容存一家帮忙，想要从中找出某人，掌握他的行踪，不啻水中捞月，谈何容易。丙德为此十分苦恼。后来有人给他出了一个主意，说是山岭乡的福星造纸厂有男女青工两百多人，来自全乡的各个行政村组，要是能够发动他们去找，想来应该问题不大。丙德听后十分高兴。经过一番细致入微的调查和打探，丙德了解到这个山岭乡福星造纸厂的厂长大人正是容存的小姑父的大姨妈的婆家侄孙。有了这层关系，丙德就放心了。他叫上了容存，两人结伴同行前去登门拜访。

为了确保万无一失，丙德为这位厂长特地准备了一份薄礼，包括两斤腊肉，一条狗腿，半壶祖上传下来的药酒。但让丙德没有想到的是，他和容存二人反而遭到了这位厂长的一顿臭骂。厂长了解到他俩的来意之后，当即怒发冲冠，拍案而起，指着丙德和容存的鼻子怒斥他俩，愚昧，你们实在太愚昧了。就为了一件鸡吃韭菜的芝麻小事，就要邻里反目、兄弟成仇。你们这种做法，与畜生何异？竟然还轮流相约跑到造纸厂来，要我堂堂一厂之长发动工人去做你们的帮闲搞情报搜集工作，真是气死我了。你们把我当成什么人了？

厂长一边破口大骂，一边把丙德带来的礼品全都扔在了垃圾桶里，可能仍然觉得未能解恨吧，于是斟酌再三，又摔了一只半新的瓷杯。

看到自己带来的东西被丢进了垃圾桶，丙德很恼火了，你这个死老头，你不帮忙也就算了，当着这么多的人发这么大的脾气干吗？不要以为老子怕你，你给我走着瞧。一时气急，平常所说的口头禅顿时从丙德的嘴里脱口而出，连带着唾沫星子在空中四处乱飞。

厂长听后气得浑身发抖、胸闷难平，简直说不出几句完整的话来："什么，你说什么，你，你，是在威胁我吗？我堂堂一厂之长，难道还会怕了你们这些蟊贼不成？你们这些无知之徒。我，我我，我要向，向你们这些不尊礼法的冥顽不化之徒挑战，我要以文明的名义向你们的野蛮宣战。"末了，他叫来了几位年轻的后生，众目睽睽之下，像赶鸡一样把丙德和容存赶出了造纸厂。

这让丙德和容存越发觉得狼狈不堪，觉得既没有了面子，又失去了尊严，一路上垂头丧气。返回家中以后，丙德和容存商议道，这个臭老头，实在是太嚣张了，太不把我们放在眼里了，应当想个法子给他一点颜色瞧瞧。容存对此亦是深表赞同。然而有一个棘手的问题在于,福星造纸厂是山岭乡的纳税大户,厂里有两百多名工人,虽然大多数是女工,但毕竟占据了一个人数上的显著优势。若是想要冲杀进去,没有二三十条山里的汉子恐怕也未必能够占到什么便宜。何况离造纸厂不远处还有一个派出所,又凭空增添了些许麻烦。就在一筹莫展之间,岭上村的光棍王长寿带来了易生的口信。原来此前不久,易生也以远亲的身份带人去了厂长家寻求支持,理所当然,易生也同样遭到了厂长的一番痛斥。易生是一个讲面子的人,现在感觉自己没有了面子,所以想要纠集一帮亲朋好友前去羞辱这位厂长一番,出一口心中淤积不散的鸟气。

王长寿以一种极其明确也十分直白的口吻告诉丙德说,易生的意思是,你们的恩怨情仇可以暂且搁置在一边,等到以后再来了结,关键是要先把这个不识时务的厂长摆平了再说。

丙德也没有怎么考虑,就回答说,好。

经过一番紧密筹划,几天后,挑了一个晴朗的日子,易生、丙德等一行数十人携枪带棒,浩浩荡荡去了福星造纸厂。走到造纸厂门口,乙仁拿出一根麻绳,很顺利地套住了丙德的脖子。丙德一边挣扎,一边厉声大喝:好你个乙仁,你想干什么?

乙仁说,我不想干什么,是别人想对你干点什么。丙德本以为是易生使的坏,回头一望,易生也被人捆了一个五花大绑。捆他的人是易生的二哥合安。合安对易生解释说,别怪我,我也是没办法。

这时候,福星造纸厂的厂长走了出来。他给丙德和易生松了绑,送给丙德一把韭菜,送给易生一只小公鸡。厂长生气地说,不就这么点事么,闹得惊天动地,不过也感谢你们俩为我引荐了这么多劳动力。他大手一挥,叫这两人赶紧滚蛋。易生和丙德不得不滚。

易生和丙德回到空落落的村子。男人们都找到活干,去造纸厂打工去了,就剩下他俩无所事事。好在凭空得了一把韭菜,又有一只小公鸡。于是他们就着韭菜炒蛋,一边喝酒,一边吃鸡,一边哀叹着,是什么让他们失去了兄弟。

作者简介:

帅泽兵,笔名帅哥,1983年出生,现居浙江湖州。西北师范大学中文系本科,同济大学文学硕士,浙江省作家协会会员,入选第二批浙江"新荷计划"青年作家人才库。迄今在《青年文学》《当代小说》《创作与评论》《当代文坛》《山西大学学报》《中南大学学报》等刊物发表小说及评论五十余万字,获"林语堂小说奖"等,出版中短篇小说集《收养》。

丢　弃

赵　雨

我爸说他是在河埠头的最上面一块石板上看到那只甲鱼的，石板被水浸没三四厘米，长满绿油油的青苔，那只甲鱼就趴在青苔丛中，背部的甲盖露出水面一二厘米，也就是说，它的身子一半在水里，另一半在水上。我爸说他看到甲鱼，整个身子就像被电了一下，要知道这玩意儿可不多见。我爸说甲鱼当时的样子就像入定一样，脑袋仰望远方的天空，四肢伸展，有可能是在生蛋，他抓到了一只处在生育期的甲鱼。

我爸之所以会在河埠头抓到甲鱼是因为我妻子怀孕了，他向捉鱼人买了张渔网，晚上在河埠头设下埋伏，早上去收，想捕一些河里的野味给我妻子进补。他陆陆续续捕到过河虾、河鲫鱼、泥鳅，捕到甲鱼是头一遭，他说他当时不肯定能不能捉到它，弯腰弓背，鬼鬼祟祟靠近去，走到石阶底层，离长满青苔的石板只一步之遥，蹲下来，尽量不弄出一点声响。这期间，甲鱼一动不动，我爸一度怀疑它是只死甲鱼或是甲鱼玩具，当然两者都不是，甲鱼健康得很、活得很，只是出于某些不为人知的原因，不屑在那个时刻跟我爸较劲。这就结束了它悠闲自在趴在石板上生小甲鱼的快乐时光。我爸顿时伸出手，整只手掌按在甲鱼壳上，他从来没有过捉住一只甲鱼的经验，但甲鱼真的很好捉，他说。他的另外一只手兜底那么一捧，甲鱼就离开河水，它的脑袋这才动了动，四肢才动了动，把自己动到不怀好意的偷捕者我爸手中了。

现在，甲鱼就在我的面前，我爸把它带回家，关到一只洗脚铁桶里。我第一次近距离观察一只大甲鱼，它真大，做个直观的比较，它就跟鼠标垫一样大，鼠标垫就跟洗脚铁桶底部一样大。所以甲鱼在里面真是局促得可以，活动空间只供它一进一出伸伸它的四肢和脑袋，四肢的指甲碰到铁桶壁，发出刮擦玻璃般的声音。它有一条小尾巴，跟蛇尾一样，插在甲壳里，甲壳青幽幽的，布满骨纹。我看着它，觉得它和之前我爸捕到的小鱼小虾给我的感觉不一样，这东西可能活到一百岁了，在我出生前，不，在我爸出生前它可能就在那条河里了，现在被我爸捉了上来。我问我爸打算把甲鱼怎么办？我爸说，当然是杀掉，炖了给史音吃。史音是我老婆的名字。我说，史音怎么会爱吃这种东西呢。我爸说，不管爱不爱吃，吃了就是大补。我说，这种东西都是有灵性的，要不，放了吧。我爸说，你脑子有病吧，好不容易捉到的，你以为捉到一只甲鱼是闹着玩的吗，市面上这么大一只，起码好几千。我说，你到底是为了钱还是为了给史音进补？我爸说他不跟我扯这些，反正明天就杀掉。

我进了书房，生了一会儿闷气，心想上一辈人怎么都跟钻进钱眼里一样，越想越无趣，后来就打算写小说。我怎么突然从一只甲鱼扯到写小说？因为我是一名写作者，就在一个星期前，我还是一名业余写作者，正式职业是办公室文员，那工作搞得我焦头烂额，一个星期前我对我老婆史音说我不想工作了，我想成为一名专业写作者。史音说她知道我想成为一名专业写作者想了好多年了，有梦想就去追，她支持我。她对我一直都这么好，照理说弄一只甲鱼给她补身子是应该的，遗憾的是我已经不爱她了。说出这点让我很难过，但没有爱也不要紧，生活还是照样过，这不是什么天大的要命的事。我现在记挂的是那只该死的甲鱼，我要为它写一篇小说。

我动笔了，小说中，它的命运有了不同的走向，这是小说的魅力。首先我还是安排从我和我爸的对话开始。我爸摇身一变，变成了一名心地善良的男人，他说他在河埠头捉到了一只甲鱼。我说你打算拿它怎么办？我爸眉头深锁，说他很纠结，一方面他想给史音补身子，一方面对杀掉甲鱼于心不忍。我说那就放了吧。他说放了又舍不得，毕竟这能卖好几千呢，别人买去也是吃。我说别人吃总比自己吃好，这叫眼不见为净。我爸说去哪里卖呢？我说交给我吧，我来处理。

我把甲鱼从洗脚铁桶里拎出来，拎的是它的尾巴，那么短的一条尾巴竟能承载它全身的重量，它头向下倒着，不动不闹，安静得过分。我把它放进绿色渔网，扎紧网口，提着就出了门。我去的是本地最热闹的一条街，我们称它为鼓楼街，这里车水马龙，一天到晚不停歇。我站在路边，提着渔网，这就是我卖甲鱼的办法，之前看到有人这么做过，卖野猪肉、山羊肉、大蛇肉的什么都有，瞄准的顾客是那些开车疾驰的人，他们若感兴趣会停下来问价格。我算见识到了川流不息的城市马路之景，快到黄昏了，迎着落日的我面对从身前掠过的车辆，“哗哗”的声响像是一股风。我们的城市日新月异，惯于宅家的我想到“速度”这个词，“速度”像烈酒，会让人沉迷，那时我差不多就沉迷其中了。但没有一辆车停下来，司机顶多只是透过车窗往这边瞥一眼。

天色渐晚，生意没光顾我，却惹来了麻烦，眼见着一辆白色警车停到我身边，车身上写着“行政执法”四个字。车上下来两名身穿制服的人，我感觉不对劲，想把渔网往身后藏，但为时已晚。他们问我在卖什么？我说没什么。他们说拿出来看看。我只好拿出渔网，他们往里瞧了瞧说，最近接到路人举报这里有人在卖陆龟，看来就是你。我问什么是陆龟？他们说，是国家二级保护动物。

我说警察同志你们搞错了,我这是甲鱼,不是什么陆龟。他们说难道他们还是我懂?我说真的是甲鱼,是我爸从河里捉来的。他们说少废话,跟他们走一趟。我看情况不对,即便搞不清什么叫陆龟,但既然是国家二级保护动物,我贩卖它就是犯法。我不能跟他们走一趟,当他们走向车子,打开车门,我撒腿跑了。

我跑得很快,估计都能追上一辆车,跑得实在没力气才停下来,一边喘气一边往回瞧,没有警车的影子。我想行政执法的人怎么这么没用,这种水平如果遇到真的罪犯如何应付得了。我休息了一会儿,往前走,这里仍是鼓楼街地段,不过靠近北街,两边店面房多起来,行人多了,车辆少了。

我看到前面有个人,身穿工装,头戴黄色民工帽,站在路边,手里也提着一只大甲鱼。他拎着甲鱼的尾巴,这家伙可比我手头这只大多了,和脸盆一样,乍看之下犹如史前怪兽。我走近他,问他这是不是陆龟?他问我要不要买?我说我手上也有一只。他让我拿出来看看。我把甲鱼从渔网里拎出来亮在他面前,他说你真的也有一只啊。我说是的,我又问他这是不是陆龟。他说他也不知道。我问他在哪里捉到的?他说在育王山的一座古坟旁。我说你这东西来得蹊跷,最好确认下是不是陆龟,陆龟是国家二级保护动物,不能卖的,我刚才被两个警察逮到,他们怀疑我卖的是陆龟,叫我跟他们走一趟,幸亏我跑得快。他立刻警惕起来,问我这附近有警察吗？我说有可能还在。他说那怎么办。我说我们跑吧。他说兄弟，你看这样行不行，你跟我挺有缘的。他就用他的那只换我手上的这只。我说这是为什么啊？他说他挺中意我这只的，生意也不做了，打算换回去，自己养着玩。我低头看了我的这只，长得确实挺不错，但说实话，我一眼看到他那只，我也中意上了，块头那么大，威风凛凛的。我说你的比我的大，这样的换法你吃亏。他说凡事都讲缘分，吃亏就吃亏。

我把我的这只从渔网里抓出给他，把他的脸盆大的甲鱼装进渔网，兴奋地提着回家了。一到家，我爸问我卖掉没？我说没，但我跟别人换了只更大的。拿出来给他看，他说这么划算，真不错。接着说，这只杀了给史音补身子吗？我说先养两天再说。

我觉得自己挺能干的，干了件漂亮的事，但你想世上哪有这样美的事！第二天我爸一早带着甲鱼去卖给他渔网的渔人处询问能卖多少钱，渔人一看说，这是珍珠鳖，不值钱的，顶多五百。我爸垂头丧气地回来跟我一说。我问，珍珠鳖是什么鬼东西？我爸说也是甲鱼，但属于不值钱的品种，说我上当受骗了。我想怪不得那个民工打扮的仁兄会用这么大一只换我的那只，原来如此。

写到这里，我不知道自己在写什么东西，但我的小说风格就是这样，我想你们也看腻了，那就姑且放一放，回到实际发生的事上来。

事实上，我爸说到做到，第二天就要杀掉在河埠头里捉来的甲鱼给史音吃。我问史音你要吃这种东西？史音看着洗脚铁桶里的甲鱼说她爱吃，她特爱吃这个，高蛋白，可口。我想这女人怎么这样，想的跟我全不在同个频道，怪不得我不爱她了。我爸一听乐了，说你看，史音爱吃。他杀甲鱼的劲头更足了，我本来是不看的，不过我好奇，他到底打算怎么杀它？下面是他宰杀的全过程。

他先把甲鱼拎出洗脚铁桶，拎到厨房间，将它背朝下、底朝天放到地上，脑袋顶着墙壁。拿来一把大剪刀，从尾巴根部下手剪，甲鱼的白色肚皮“唰啦”一下就被剪开一条口子，像撕开一匹白布似的，一直抵达头部。没有流一滴血，甲鱼没动一下，它自始至终保持禅定的状态。我爸双手撑住裂缝，往两边一拉，甲鱼肚肠赫然在目，黑的黄的一团，最显眼的是黄色的蛋。我数了数，有十枚之多，这些蛋状如乒乓球，但比乒乓球小一点，看来它真的是一只生育期的甲鱼。接着我爸把开肠破肚的甲鱼端到水龙头下冲洗，蛋都冲掉了，我本来想问这蛋难道不能吃吗，后来一想我作为一名旁观者，何必多嘴呢。被搞成这副支离破碎模样的甲鱼应该死了，但我看到它开始动，以前我不知从哪里看过一篇科普文章，说甲鱼的反应比别的生物慢一拍，但是连死都慢一拍这就太可悲了。它的四肢和头慢慢地晃悠，我爸用剪刀把五个部位一一剪下来，加上肚皮的肉和一个甲壳，全部丢进高压锅，倒上佐料和水，放到煤气灶上开始炖。

我看得头晕目眩，发现我老婆史音站在一旁也在看。我说你大肚子怎么能看这样血腥的东西？她说血腥吗？不觉得啊。我无话可说。

一小时后，整个客厅弥漫着一股高蛋白的味道，我爸关掉煤气灶，打开高压锅，把里面的东西一股脑儿倒在一个大海碗里，喊我们吃饭了。一只甲鱼彻底变成一锅大乱炖，除了四肢和甲壳还保留原形，其他都溶于汤汁中，不分彼此。史音用筷子夹了一只脚，蘸着酱油尝了尝，连呼好吃，我爸也尝了一口，也说好吃，我直泛胃酸。我想他们这是怎么了，对于亲手宰杀的活物，怎么入得了口，他们和茹毛饮血的原始人有什么差别。我爸问我不吃吗，我说我看你们吃都快看吐了。我爸说我写东西把脑子写坏了，发这些没用的大慈悲，有本事去吃素，不要吃荤，猪肉鸡肉牛肉虾肉鱼肉什么的都别吃。史音说就是，没必要嘛。我说反正我晚饭吃不下了。

一只现实中的甲鱼就这么死了，被我亲人吃了，我丢下筷子，走进书房，坐下，想把我小说里的那只交代一下。其实那只甲鱼被我转手和农民工打扮的骗子交换了，它的去向我无从得知，我要交代的是他换给我的那只——珍珠鳖，我想把它的结果写得好一点。

我因为被我爸和史音吃甲鱼的饕餮样子刺激得不轻，在小说里就想把它放生，打定主意，提起渔网，出了门。我记得农民工打扮的骗子跟我说过他的甲鱼是在育王山的一座古坟旁捉到的，照理说我受过他的骗，不该再信他，但就捉到甲鱼地点这一点上我选择相信他。我要上育王山。

我最终有没有上育王山呢？当然没有，在另一个故事里，我上了育王山，但眼下这个故事里没有，这不是一个该死的上育王山的故事，这是一个关于甲鱼的故事。

我来到育王山脚下，往上张望一番，见山势高可参天，就放弃了。我想哪里不可以放生一只甲鱼呢，没必要非把它放回原住地。我在育王山脚下寻找合适的放生点，正值大中午，太阳浇在我背上火辣辣的，远近没有一丝风。育王山下是一条盘山公路，我一个人在公路上走两步擦把汗，手上提着脸盆大的珍珠鳖，真是累得够呛。我想随便把它丢个地方算了，我不想再走了，但这里没一个地方是我看得上的。转念一想，把珍珠鳖放生可能又会被别人抓去吃掉，不如还是卖掉它吧，我还能赚几个钱。这么一想，我就站在路边，又干起卖甲鱼的营生。

你别看这里人烟稀少，人烟少有少的好处，之前那只甲鱼卖不出去我推测原因可能是我站在闹市区的马路边，那些过路司机其实想买，但害怕被执法人员纠缠才打消了念头。这里就不存在这种情况，这不，我站了没五分钟，就有辆车在我跟前停下，司机是个四十出头的男人，理着光头，戴着墨镜，像黑帮电影里的老大。他问我卖什么呢？我说卖甲鱼，脸盆那么大的甲鱼。他说让他看看。我把珍珠鳖从渔网里拎出来，我真有点拎不动它，男人熟门熟路地接过去，在手上掂了掂。

在他做这个动作时，我的想法发生了点变故。我看着一个陌生男人捧着一只陌生甲鱼，而我站在一个陌生之地，等待和他做成一笔陌生生意，这一切让我觉得挺荒唐，我怎么会在这一刻干这件破事呢。男人和甲鱼于是变成一团模糊的物体，像梦里的妖怪似的。想到这里，我有点来气，我说行了行了，还给我吧。他问我多少钱？我说你没听到我说还给我吗？他说你不是卖甲鱼吗？我说我什么时候说过卖甲鱼。他骂我他妈的是哄他玩吗。我说我不跟你废话，你这十三点变态男。他吐了口唾沫（可能是痰），丢下甲鱼（甲鱼壳撞在地上发出“嘭咚”一声），一只拳头伸到我脸上，狠狠揍了我一记。我被打了，但这感觉不赖，我也打了一拳过去，被他漂亮地躲开。然后我们两人扭打在一起，在这烈日炎炎的大正午，在一条盘山公路上，在一辆不知从何处开来要开往何处的私家车旁。我当然打不过他，被他好好修理了一顿，打趴在地。他甩甩胳膊，骂了句狗娘养的，当老子这么空！然后上了车。

我听到发动机渐远的声音，从地上爬起来，脑袋倒是清醒了不少。珍珠鳖还在我身边，由此可见那家伙人还不赖，没把珍珠鳖抢走。我把珍珠鳖重新放回渔网，重新走起来，往回头的方向走起来。走了十来分钟,觉得手上的东西越来越沉,我对珍珠鳖说,我提不动你了。就把它放在路边的田沟,回家去了。

我这行为算是放生吧我想,但事后回想,没有做了好事的快感,不觉得放生了珍珠鳖,更像是丢了它,像丢掉一件碍手的垃圾似的。

作者简介:

赵雨,1984 年生,浙江宁波人,浙江省作家协会会员、"新荷"青年作家,有作品见于《青年文学》《散文》《回族文学》《小说界》《文学报》《雨花》《百花园》《创作与评论》等刊,出版小说集《白鹭林》。

王　道

袁友才

人算不如天算，这次王湖村要整体拆迁，吃了一辈子亏的七旬老汉吴德明闭着眼睛，捡到了天上掉下来的肉馒头。

王湖村是个小村子。村头放了一个炮仗，村尾的鸡都会吓得“咕咕”叫。村子里的人十有八九姓王，是一个祖宗留下的根。吴德明姓吴，当然属于外姓人。在抗日战争爆发那年，他父亲一条腿长一条腿短要饭要到十里亭，后来在王湖村村头的废地上搭了一间矮小的茅草屋住了下来，成了王湖村的人，据说是从北方那旮旯过来的。在农村这片古老天地里，老百姓的凝聚力和战斗力是以家族和姓氏为核心的，老实人要吃亏也是雷打不动的公式。吴德明斗大的字就认识几个，人老实得像个烂泥菩萨，也没有兄弟姐妹，又是个外姓人，吃亏的事一火车也装不下。在大锅饭的年代，他和别人干一样的活，却只能得八个工分。他家巴掌大的自留地在又远又荒的鼠家山，就连过年生产队里分给他家的几条鱼也是最小的。

“文化大革命”山河一片红时，村里的老百姓稀里糊涂地分成两派。一派叫红色革命群众，简称“红众”；另一派叫联合革命群众，简称“联众”。两派的头头为了人数上的优势，都想拉他入伙。吴德明胆小如鼠，也搞不清“红众”是革命的还是“联众”是革命的，所以都没有答应他们。

“红众”的头头第三次来叫他时，他怯怯地说：“我不知道‘红众’和‘联众’是什么，还是一众也不众吧。”

话音未落，“红众”的头头闪电一般扬起手，“啪啪”给吴德明吃了两个耳光，凶狠狠地说：“你一众也不众，我就让你脸孔两面肿。”

这天下午，吴德明从村里王书记的办公室回来，像一支蜡烛呆呆地插在门口三角道地中间。黄金般的太阳摇摇晃晃地浮在当空，以看不出的速度向西移动。他眼睛眯成一条棉线，痴痴地瞄门口的小屋，黑乎乎的脸上泛起了红晕的光，自言自语地说：“老婆，这回终于晓得什么叫吃亏是福了。”

这间小屋是二十多年前搭出来的。门板已经发黑，黑得像池塘底下的淤泥。墙头上的黄沙也被岁月的风雨吹打得灰头土脸了。屋面上的石棉瓦已经破旧不堪，凹缝处几撮无名小草被秋风抚摸着，给这间小屋带来了一丝仅存的生机。中饭吃的什么菜，吴德明拼命地想，三碗菜只记得两碗了，一碗是蒸螺蛳，一碗拌茄子，忘记还有一碗是不是红烧肉。但二十年前村主任带着会计和一个村委到他家来罚款的细节,他却记得像自来水一样的清爽。

那是一个三九天的中午,风像狼的牙齿一样的尖。吴德明和老婆正在家里吃中饭,村主任的声音像锣鼓一样在门口敲了起来:“吴德明,吴德明,你出来一下。”

吴德明连忙扔下筷子,急急忙忙窜了出去,到了门口才记起没有把雄狮牌香烟拿出来。他踉踉跄跄地回到屋里,拿着香烟跑了出来说:“抽烟,抽烟。有什么事吗?”

村主任大人是无事不登三宝殿,这几天村里在处理违章建筑,这把火就要烧到吴德明头上了。村里的老百姓几乎每家都有搭出来的小房子,放放农具,养养猪,关关鸡鸭什么的。他家门口的猪栏是五年前搭起来的。村里的田承包到户之后,粮食有多余了,家里养了头猪过过年。吴德明是这样打算的,猪头请财神菩萨,猪腿给女儿,吃不完的猪肉腌着,到春天种田的时候吃香喷喷的咸猪肉。

村主任又矮又胖,像一个石凳子。他抖了抖脸上的肉,伸出手,挡开了吴德明的烟直截了当地说:“不抽不抽,吴德明,这次违章建筑处理的方式有两个,要么拆除,要么罚款,你选一个吧。”

吴德明的老婆慌慌张张地出来了。一张床不出两样人,她连一句完整的话也说不全:“村主任,你们猪……猪栏也要拆?”

村会计戴着一副近视眼镜，眼镜下的眼睛像两片鱼鳞。他推了一下眼镜框，拍拍手中的本子说："只要是违章建筑就都要拆，不拆就缴罚款，上头的文件是这样规定的，大家都是一样的。"

一起来的村委委员是个刚高考落榜的青年人。他拿着皮尺不停地晃动着，什么话也没有说，只是微微弯了弯长长的眉毛。

吴德明哆哆嗦嗦抬起手，从额头左边绕到右边，再从右边绕到下巴，心里像装了个吊桶。猪栏里的年猪再过十多天就要杀掉过年了，总不能把猪栏拆掉让猪满地去跑吧，万一要是丢了怎么办？再说猪栏明年还要养猪的，没有办法的办法就是交罚款了。

他待了一会儿，望望小屋，讷讷地问："罚款是怎么算的？"

村会计马上说："一个平方五十元。"

吴德明的老婆不知道一个平方是什么东西，以为是只要罚五十元就够了。她看了一眼吴德明说："五十元，那就罚款好了。"

村主任鼻孔喷出一股气："是一个平方五十元，你不要搞错。"

吴德明皱着眉头说："女人家弄不清楚，先量一下再说吧。"

村会计和村委委员用皮尺横的量，竖的拉。不一会儿，村会计把记着数字的本子上交给了村主任，也递给了村主任一个神秘的眼神。

吴德明很后悔，村里处理违章建筑已经好几天了，自己起码也要买一包利群香烟准备着。他已经听到不少风声，村里有很多人去村主任那里意思意思了，可想想自己就只有螺蛳壳一样大的一间猪栏，也没有什么大不了的。

他低下头，看着自己的解放鞋说："村主任，你看……"

村主任挥挥手说："刚才我算过了，违章建筑有十个平方。不拆掉就罚款五百元。"

吴德明的两个女儿已经出嫁，儿子还在上初中。家里除了他农闲去打几个短工，多出来的粮食卖点钱，也没有别的收入。富人过富年，穷人过穷年，吴德明是一个很知足的人。原来过年连买猪肉的钱都要去借，一碗肉要放到正月十五才能吃。有一年正月初八那天晚上，刚上小学的儿子偷吃了两块猪肉，被吴德明发现后，他用鞋底打了儿子的嘴巴，打得儿子牙齿出血。儿子哭了，老婆抱着儿子一起哭，吴德明的心变成了一颗酸葡萄。现在家里年猪都有了，油盐酱醋的钱够了，老百姓的日子像顺势吃甘蔗，一节比一节甜，想不到家门口的一间小小的猪栏像一颗钉子，钉在了他的心上。

吴德明咬着牙齿说："那就交罚款吧。"

村会计拿过村主任手中的本子，瞄了一眼年轻的村委委员说："三天内不来村里交罚款，就来强拆了。"

吴德明抬起头，斜眼看看老婆。老婆的头发被风吹得像一窝鸡草，树皮般的眼眶下挂着黄豆一样大的两滴泪水。这时猪栏里的猪突然号叫起来,像被刀子捅进喉咙一样的凄惨。

村主任摸出一支西湖牌香烟,点上火,转身就走。村会计像跟屁虫一样跟着村主任的脚后跟。村委委员微微向吴德明笑了笑,眼睛画了两个圆,也追了上去。

望着他们三人渐行渐远的背影,吴德明轻轻地说了一句:“鬼天气,真冷,连猪都要冻死了。”

老婆几乎哭着说:“怎么办啊？钱不够啊!”

吴德明瞪了一眼老婆说:“到女儿家去借啊。”

二十年的时间快得像打了一个喷嚏。吴德明的爸爸是不是北方人无从考证,但他的儿子有点基因突变,考上了北方的名牌大学,读了本科读硕士,读完硕士读博士,后来留校当老师,娶妻生子,倒真的成了北方人。吴德明老伴在五年前就去世了。让他做梦都没有想到的是,当年像钉子一样钉在他心上的猪栏,这次拆迁变成了一只金元宝。

王湖村要整体拆迁已经传了好多年,一直到上头文件发下来,吴德明还有点不相信。吃过中饭,他决定到村里王书记那里去问问情况。

吴德明先去一百放心店买了一包中华香烟,然后才一脚高一脚低地来到村委办公室,忐忑地问村书记:“王书记,这次拆迁是真的吗?”

王书记就是当年来量猪栏面积的那个年轻村委委员，不过他已经不年轻了，额头的皱纹密得像一条小鲫鱼的尾巴。他让吴德明坐下，泡了一杯茶递给吴德明说："吴叔，这次是真的。王湖村整体拆迁是为了建设新城东，实现城镇一体化新格局。对了，你们家那个猪栏罚款的收据还在吗？"

吴德明双手捧着茶杯说："老早没有了啊。这么多年了，我……"

王书记点点头说："有二十年了。这次文件上规定，交了罚款的违章建筑赔偿和批准宅基地标准是一样的。我记得很清楚，你家的猪栏是十平方米，罚款五百元。吴叔你放心，我会替你做证，帮你去查的。"

吴德明张大眼睛问："你记得这么清楚？"

王书记笑了笑说："我的心里啊，都装着老百姓的账。"

吴德明站了起来，讷讷地说："谢谢，谢谢。"

王书记铮铮地说："吴叔，现在拆迁都是公开透明的，一是一，二是二，不会像过去那样瞎七瞎八了。"

说完，王书记从抽屉里拿出文件，走到吴德明的旁边，翻开文件，用食指点着文件说："你家的猪栏是十平方米，文件上规定以三倍的面积计算，也就是三十平方米。这次每平方米的补偿款是九千八百元，加上安置费、搬家费等，差不多有一万元。你家的猪栏就能补偿三十万元左右。”

“什么？三十万？”吴德明手中的茶杯晃动了一下，差一点掉到了地上。溅出来的茶水流在手背上，吴德明也不觉得烫。

王书记点点头，微微笑了笑，回到椅子上说：“吴叔，你知道你的猪栏要是当初没被罚款，能赔多少钱吗？”

吴德明摇摇头说：“不知道，能赔多少？”

王书记拍拍桌子上的文件，感慨地说：“面积不能乘三，十平方米就是十平方米，每平方米只能算建筑成本四百元的百分之六十，大概就是二千多元钱吧。”

吴德明整个人像被电击一般僵住了，只有嘴唇在抖动着。窗外的阳光挤了进来，屋子里的顶棚、墙面、地砖明亮得像银子。这时又有人来敲门了，吴德明像从梦中醒过来一般，走过去把杯子放在办公桌上，挥挥手说：“谢谢王书记，谢谢王书记。那我先走了。”

王书记摆摆手说：“不用不用，有什么事你用村里的微信群和我说好了。”

吴德明挠挠头皮说：“什么是微信……我连信都不会写啊！”

王书记笑了笑说：“你直接到办公室来找我好了，这段时间我都在办公室的。”

吴德明翘着嘴角说：“好好。”

吴德明走出办公室，脚步轻得像燕子。回到家门口的道地上，他才想起在王书记的办公室里，自己没有把来时买的中华香烟拿出来。

太阳看上去还在原来的位置，小屋已经偷偷地画出了一抹影子。吴德明转过身，背朝着小屋向远处望了望。前面是弯弯的长弄堂，边上有棵高高的泡桐树，西边是一片绿色的竹林。他每天早晨起来看到的是王湖村上空的太阳，每个晚上睡觉陪着他的是王湖村夜幕里的月亮，这么多年了，他不觉得有什么特别的地方，一旦真的要离开王湖村，还真有点舍不得。

触景生情，吴德明也想起了自己的老婆，酸甜苦辣像潮水一样漫上心头。老婆去世之后，吴德明才明白老婆才是真正能够陪伴自己的人。女儿嫁出去了就是泼出去的水，来王湖村一次是一次，来两次是两次。儿子上高中之后，就没有好好在身边待过，现在一年到头就几个电话，有时候连过年都不回来了。

吴德明叹了一口气，转过头看了看小屋。小屋像老鹰山上的一团漂浮的雾，也像在浣江上移动的一条船。他脑子里突然冒出了老百姓常常在说的另一句话来：钱再多，也是带不到坟墓里去的。可不是吗，现在有这么多钱，老婆一分也不会花了。

他摸了一下白花花的胡子，闭上眼睛，头向天，切切地说："老伴，明天儿子也回来看你了。你等着我，到了下面我会来找你的。做人吃亏也好，赚到便宜也好，活着才是那个什么什么……王道啊!”

作者简介:

袁友才,浙江省诸暨市十里牌王三村人,现居杭州。2015年开始业余写作,在《浙江作家》《西湖》《文学港》《广州文艺》上发表过中、短篇小说。

刺　青

岑燮钧

长安城里的文身店不止后素轩这一处,但后素轩最隐秘。所谓“酒香不怕巷子深”,活上见功夫,也不在乎绕几个弯。

刺青,在乎一心,巧不巧,全在手上。

来后素轩的人,大多爱其清静。后素轩的灯笼不是通红的,是粉纸上绘着刺青图案,灯光朦朦胧胧,雨夜天更是幽微,青石板的水光一泛一泛,显得巷子越发幽深。来的人不多也不少,正好。

半夜时分,李玉娘正濯手停工,打算上楼去。门帘一掀,进来一男子,一身素白,颇是奇伟。两道剑眉,蹙于眉心,肤白面红,血气旺盛,半是儒雅,半是英挺。玉娘看了,不由停下濯水的手。

“听说姑娘文身技艺超群,特来拜访。”

若是遇着别人,玉娘必说夜已深,改日再来。但现在,她回身看着这位客人,微微颔首,示意坐下。

客人拿出画像,是一美人,穿戴奢华,仿佛宫中之人。

“此画像，可文得？”

“待我细细看来……”

玉娘观瞻了半日，虽觉棘手，却又不忍弃之。客人说文在背上，玉娘示意宽衣。若是肤色干净，绘事后素，效果奇佳；反之则容易凌乱，倒觉得是玷污。男子褪下上衣，围于腰身。玉娘不由眼睛一亮，一丝红晕掠过耳际。男子肤色白净，色纯而有微光，无一丝瑕疵，不由人不心生欢喜，便答应了。

只是，此画甚费工时，一须时日，二须心静。

男子如期而至，玉娘坐在身后，但觉后背温润如玉，却又不同女子之如脂如玉，别有一番硬朗，肌肉纹理，隐隐可辨。玉娘用药水擦洗干净，将动手时，没来由几分战栗。针刺下去，起初男子一声轻哼，随之默然，不知是忍着还是适应了。玉娘只听得自己心跳。男子偶或有背脊抽动，玉娘问道：“痛吗？”男子答道：“没有，姑娘放心刺吧。”夜很静，室内更静，几乎能听得见对方的呼吸声。玉娘渐渐忘了男子，而男子的呼吸渐趋粗重，但又慢慢压下。偶一次，男子趁玉娘稍停之际，转过身来，眼角微笑。玉娘垂下头，当作没看见，只一针一针密密刺去。

那眼神，如春风拂面，终不能忘。

画像刺成之日，玉娘感觉自己形销骨立。淡淡的青色，层次分明，美人栩栩如生。这是她刺得最用心的一幅，可惜男子看不见。

玉娘以两面铜镜互照,男子只看得朦胧背影。他谢了姑娘,付了重金,揖手而去。

玉娘怅然若失,不知是为这男子还是为这幅难得的刺青画。

自此,若有其他男子前来文身,心下不觉嗤之以鼻:以尔等浊物,配以文身,其丑陋为何如也!

许多时日,玉娘但觉茶饭无味。

忽一深夜,小巷火炬如昼,马嘶人叫,随即敲门声紧似战鼓。玉娘不知何事,外面已有人冲将进来。当头者盯着玉娘,问她可认得这幅画。玉娘一看,正是那幅美人图,立马想起那男子。当头者一个"搜"字,便有兵勇横冲直撞,玉娘又惊又气,不知犯了何事。

"他近日可曾来过?"

"文身之后,不曾来过啊。"

"他若来时,速告官府!"

"他是……"

当头者一声呵斥,扬长而去。

顿时,玉娘坐立不安,心下疑虑:他是什么人,为什么官兵查问,难道他犯了事?本来多时不见,渐已淡然。这下倒好,才下眉头却上心头。

羡煞那美人,时时随他身。

一晚,玉娘收拾停当,忽一箭射入窗内,夹一纸条:子时等我。

玉娘知道必是他，不由忐忑不安，又是欢喜又是紧张。她入内室，贴了一纸花黄，对镜自照。这等人的滋味，真是撩拨煞人。

窗外，月华淡淡。小巷中，又暗又明。

她出来时，一惊，以为是幻影。只见一个背影，上身赤裸，刺青如瓷如玉，美人如喜如嗔……

“你……”玉娘上前，偷觑窗外，“你怎样来的？”

玉娘关紧门窗，掩了帘子。男子依然眉目可人，只是不知他此行为何而来。

“姑娘，能把后背的刺青洗去么？”

“不能的。”玉娘有点惊讶，“这么好的刺青……”

“也罢，反正看不见……我想胸前绣一条龙可使得？”

自此，每当子时，男子必倏忽而来。

当初，玉娘在他背上文身，不知他是何表情。而现在，面面相对，含而不露，反让人猜度。玉娘定定神，拿起针来，男子微闭双目，鼻息时而均匀，时而错乱，时而长嘘一气，时而屏息静声。一会儿，男子又睁开两眼，直直地看着玉娘。那特有的气息，让玉娘心猿意马。

玉娘的针莫名地刺重了，血隐然而出。

男子一声呻吟。突然，他翻身抱住了玉娘，“好姐姐……”

终于，玉娘刺完了这条云中龙。它就像眼前之人，腾挪飞奔，见首不见尾。

“你带了我去吧!”

“我会再来的,你稍待几日!”

“不,我现在就要跟你走!”

男子沉吟片刻,突然说了声:“好吧,带上你的文身工具!”

偷偷出了小巷,夜色朦胧。于一僻静处,解得一匹白马,男子托玉娘上马,然后翻身而上,避过大道,专捡小巷,在城中走迷宫一般,让玉娘不知身在何处。

“我要让你文遍我全身!”

“为什么?”

“只有你针刺我时,我才觉得自己活着……”

天亮时分,出了长安城,但觉天地宽大。跑着跑着,人越来越多,全是官兵。终于,他们被围在了中间。

“公主,三郎找到!”

玉娘忽然发现,眼前这个贵妇,像极了男子背上所刺之美人。

“把这小贱人带走,凌迟处死!”

“不要!”

玉娘连拽带拖被押下。没走多远,只听背后一阵惊叫,转身一看,只见公主倒在地上,身上插着一柄剑!

三郎后背,也插着一把剑……

作者简介：

岑燮钧，1973年生，浙江慈溪人，浙江省作协家协会会员。现致力于短小说创作，作品发表于《小说选刊》《小说月刊》《四川文学》《文学港》《短篇小说》《天池》《金山》《小小说大世界》《小小说选刊》《微型小说选刊》《羊城晚报》等报刊。著有小小说集《戏中人》、散文集《文人之美》。

宋事·香木观音

赵心恬

【楔子】

如今是三月中,明前茶的时令。你既已路过上香古道,何不小坐啜一杯法喜寺名产白云茶,听我讲一则千年前这古都的奇闻?

【一为一】

金兀术退兵途经临安的时候正是仲春时节。

这座天城在帝国的南方,虽已入春仍阴雨连绵,寒意渗骨。但金兵是从大风如刀的北地而来,这种阴冷并不能使他们却步,反而助燃了追杀赵构不成的愤懑之火。此火在他们并不纯正的黑眼睛里蓄势待发,一旦喷泻而出,必有燎原之势。

屠城!屠城!无数双眼睛熊熊着,彼此心照不宣,等待这迟早要下的命令。

然而在无数的炽热欲念之上,金兀术倒是冷静的。几十年的征战,屠城劫掠的快感早已消退,对血腥杀戮的热情也渐渐露出疲态。占领了敌国的都城又如何，杀光所有的宋人又如何，掠走所有的财物又如何呢？在狂热和绝望的碰撞之后，城终于是要重建的，人终于是要生出来的，财物也终于会重新堆积如山。然后再一次烧杀抢掠？

不。

他想得到点别的什么。比如让他战无不胜，或者长生不老的东西。而这种意图无端地让他兴奋起来。于是他跨上马离开被洗劫一空的皇城，离开浑身散发着刺鼻欲望的将士们，他要去寻找他想要的东西。

【二为二】

在天城之西，名山之上，香雾与霭气合而为一，法喜寺在洁白的朦胧中继续晨钟暮鼓。不计其数的善男信女从帝国的各处而来，只为了叩拜时得到的片刻安宁。

在这祥和的图景之中，没有人发现，他们眼中的蛮夷之蹄已经踏入了文明的重地。

金兀术站在大雄宝殿前，金漆的匾额之上是一面宝镜，它反射的光芒直指眼睛。他第一次觉得宋人的东西原来也可以如此尖锐刺眼。略怔了一怔，他避开光线，掀起经幡，走进大殿。

眼前的景象极具震撼力，金兀术立刻被淹没在人群中。满殿百姓高声诵经，向大殿中央的木制神像跪拜如仪，无数双眼睛落在它身上。乌沉的木像神采奕奕,宝相庄严。殿内虽烛火荧荧,在此刻却无比明朗,连楠木柱上的卍纹都历历可辨,有座上观音圣光普照之感。

在这毫无棱角的空气中,一种欲念如同柔和的香木气息般包裹了他。如果花果簇拥的那个神像位置是自己的……

不。金兀术已经拥有了大金所有士兵的崇拜。他还想要的,绝不仅仅是下跪磕头。如此单调的肉体叩拜是轻而易举就能得到的,甚至于只要他此刻抽出腰刀亮明身份,这些他看来怯弱的宋民也会对他伏地称奴。

真正使他的心蠢蠢欲动的,是那些百姓的眼睛里,一种陌生的表达。

它的名字是虔诚。

对一块木头雕像虔诚至此,他想想都觉得荒谬。它如何能够凌驾于武力和权威之上?

他迫不及待地向前探看。这一次,在江南乃至大宋都广为人知的灵物,法喜寺的镇寺之宝神木观音正对着他。当眼睛接触到观音毫无波澜的目光时,他突然腿脚一软拜了下去。

"必得之。"

金兀术在厢房住下,他的血液难得地为战争以外的东西沸腾了。

【三为三】

客堂僧是从来者掷出的一锭黄金上，察觉出危险的。建炎四年的江南，毫无安稳可言。宋人逃难不迭，银两已少见，更不必提黄金。高大的来客瞳似琥珀，面长颧高，自是金人无疑。于是一层一层报至方丈，全寺之僧得知此事的时候，金兀术已大步进了客堂。

小僧奉上白云茶，金兀术是看不起这些的。他喜欢的是家乡的清流，赤裸而甘甜。但他照例客气地饮下。这是他厉害的地方，虽然厌恶却依然入乡随俗，然后不动声色地消灭。这些和尚在他眼里不过是佛像的看守。而他取走佛像是胸有成竹的事。

“客来此为何事？”

“吾为大金完颜宗弼，奉帝命前来。贵寺德隆望重，大金必善修整之。然贵寺之神像，吾愿以虔心请入大金都城，不知方丈意下如何？”

用文明的语言进行野蛮的掠夺，方丈转动佛珠的手顿时停住。

这场结果明确的谈话不过一炷香的时间就结束。负责大雄宝殿的执事僧智完，收到的明令是在月满前将神木观音请上去往北方的马车。而他奉行的暗令，则是将真正的神木观音藏于大殿神龛下的暗道中，置于之上的，是一尊普通的观音像，它将随金兀术北去。

计划可以说毫无瑕疵。

然而始料不及之事,发生在望日的黄昏时分。

彼时神木观音已被置于地下,于佛门本是大忌。然而方丈既下了“观音必保,不保寺亡”的指令,又有什么不能牺牲用来阻拦金人贪婪的目光呢。

山下的金兵早已列队等待,等待之前将上香的百姓全部驱尽。于是到了暮鼓击响时,寺中只剩下了做晚课的僧人们,以及站在大殿外的、目光如炬的金兀术。

僧人们本不该进行这场最后的晚课的。

【二为二】

如同秃鹫等待濒死的猎物,金兀术耐心而焦急地等待拥有虔诚魔力的神木观音。他的眼睛不知疲倦,来回扫视着大殿之中潜心净化的众人。而僧人们的诵经声比往日更显急促,年轻的小僧神色慌张,眼光难以离开神龛之下的那方地域。众僧背对着金兀术,却无法阻止他那双黑白不明的眼睛,穿过血肉,窥探他们的内心。

斜阳的残光已无法安抚任何一个藏有秘密的灵魂。窥伺者与暮色同行,渐逼渐近。大雄宝殿之中,油灯的光忽明忽暗。金兀术入殿大步走至观音像旁静立,狩猎的时刻即将到来。

而僧人们在进行最后的叩拜。

一片默然。

刹那之间，所有的僧人面上失色了。即使是多年后，他们中的许多人仍认为那抖心震肺的一声，是金兀术的眼睛发出的。那双琥珀色的眼睛究竟布下了何等大的阴云，又到底拥有何等凌厉尖锐的力量，由此可见一斑。

“尔等为何对座上观音视而不见，低头垂眼？”

没有回音。出家人不打诳语，本是引以为傲不卑不亢的戒律，却在此刻被这文明束手束脚。所有的呼吸都凝滞在这一瞬。那双眼睛却丝毫没有放过的意思，它喷射着毫无温度的火焰，吞噬着阻碍这次明窃的一切。

金兀术径直走向神龛，转了几圈，脚下的石砖地正是所有僧人目光的汇集处。于是，虎皮靴暴戾地落下，在没有缝隙的查验中，终于有一块石砖发出了“嘭嘭”空洞的响声。绝望在僧人们的眼中飞快涨潮。

他突然发觉原来一种毫无攻击性的东西也会使自己产生攻击的念头。

刀出鞘，神龛被击倒，暗道口赫然在眼前。

秘密的伪装碎了一地。

【一为一】

“可知尔等之举所欺瞒者非吾大金，实为尔等所敬所信之观音、之佛本道也!”

金兀术的手中是从暗道里取出的神木观音。比鲜血淋漓的人头冰冷,但热于光芒夺目的金银珠宝。与众不同,更让他狂喜。他想他最终还是得到了他想要的。如此圆满,当然亦是凭借了眼睛。不仅仅是他的,更是愚众的。于是他暂时放弃了屠僧烧寺的念头。

木格窗外月凉如水。寺内的古玉兰在雨中零落于地,朽化成泥。

“智完。”

“弟子必护送观音及经书安然至北。”

方丈的长眉颓然下坠。智完双手合十。

“南无观世音菩萨。”

“南无观世音菩萨。”

南无,观世音菩萨。

建炎四年二月十五夜。宾客背叛主人,法喜蒙难。

四月,金兀术抵达燕京西南的玉河乡,在此地修庙供奉观音。智完信守诺言,终其一生守护观音,于数十载后圆寂于此。庙成像入的那一日,雷雨大作。再往后二十载,至死,金兀术再也没有踏足此地。

端平元年,金灭。

【尾声】

可惜相逢太短。茶水未凉，我的故事已经讲完了。此处再向山上去，云霭之中便可见法喜寺山门。或许你不相信故事真正的结局是如此平淡的模样，那也无妨。且去，且去。倘若心中有佛，观音永存。

作者简介：

赵心恬，目前就读于杭州高级中学。写作始于阅读，最喜欢的是历史类的著作，文章曾获“国际少年书信写作大赛”中国赛区金奖、“新概念作文大赛”入围奖等，并有作品发表于《西湖》杂志。

远　归

王依晨

陈言农早就记不得幼时生活的那栋老房子究竟是什么样子了，似乎家门前有着绵延的河流，又似乎是一大片稻田。

“家里的房子算是彻底拆干净了，”杨菁是在吃饭时提起的，她把新鲜的竹笋夹到陈言农的碗里，“以前住我们家隔壁的阿公好像搬到其他村子了，今天他来市里卖竹笋，正好碰到了，他告诉我的。”竹笋似乎还残留着乡间的清新气息，他匆忙吃完饭，打算回房间把进行到一半的游戏任务完成，杨菁叫住了他，“阿言你去看看汤有没有烧好，我们下午要去看奶奶的。”

“晓得了。”他把用完的碗筷放进洗碗池，掀开锅盖看了看正在煨的骨汤，小火舔着锅底，飘散着悠悠的香气。厨房那儿贴的灶王年画还是前年华端容贴的，而今年开春后，华端容已经记不得他了。

搬到市里已经是十年前的事了。扩张的城市面积与商品房像是运河夏季的水位晕开得飞快。杨菁一个半月前从镇上的农村合作社下班回家时，还听到坐在树下纳凉的爷叔们在讨论这边的农户也要拆迁的事情，他们摇摆着蒲扇，冲着杨菁摆了摆手。她骑了没多远就看见陈言农被华端容牵着走在前面。她拨动着车铃，陈言农听出了清脆的车铃是自家的，便兴冲冲地转身迎了过去，华端容替他拿着小小的布书包。杨菁心里还有些惦念着拆迁的事，但她又转念一想，农民是要跟地一辈子生活在一起的，哪能拆得了呢？这么想想，她又放下了这些圈圈弯弯的思虑，闷热的夏风吹了一季，等到幼儿园再开学时，拆迁已经逼近了杨菁他们家。

是村党委书记亲自把拆迁告知书送到了他们家。

杨菁是从遥远的新疆嫁过来的，村党委书记的普通话说得并不好，幸而她在这里生活了许多年，早就熟悉了这些难懂的方言，她摸了摸坐在她腿上的陈言农的脑袋，“这些事总是要婆婆决定的，公公跟阿道都不在了，我做不了主。”比起骨骼高大的杨菁，华端容看起来十分矮小，她原是坐在杨菁旁边的长椅上，听得杨菁这么说，便也笑了笑，“哪做得什么主。这都是定下的事，总是得拆的。”她从村党委书记手里接过了告知书，“同志，我们家总共我与儿媳妇，还有小孙子三人，小孙子只算得半个人，请你让我们两个半的人再商量商量，好哇?”村党委书记也是笑了笑，便站起身，“阿婆是明白人的，那我就去别家了，你们商量商量，这是好事情的，国家总不会亏待你们的。”

有什么亏待不亏待呢。华端容如此想着,却也没说什么。送走了村党委书记,就把告知书放到杨菁旁边的长桌上,“思申跟阿道都不在了,阿言还是个小孩子,阿菁你决定吧。我年纪大了,怎么样都是好的,你读的书比我多,见识也比我多,你决定吧。”华端容如此说完,就牵着陈言农去了田里散步。陈家的田早就不种了,早年就租了出去。可习惯总是改不了的,华端容牵着陈言农沿着自家的田埂缓慢地走着。

杨菁把告知书翻来覆去看了几遍,有个想法在她心里慢慢成了形。

送走村党委书记的那个下午,陈家吃了一顿长长的晚饭。华端容端着碗半天没说话,陈言农把鸡腿夹进了碗里,丝毫感觉不到大人之间沉凝的气氛,自顾自地说着幼儿园里的事。杨菁也只是把筷子搁在桌子上,这是一场博弈。华端容先开了口,“蛮好的,去市里住对阿言也好。”拆迁无非是赔款与回迁,回迁是暂时远离,赔款却是告别。她与杨菁一同在市里挑选了学区房,用拆迁的赔款付了房款,坐上搬家的大卡车前座时,华端容觉得自己似乎成了那些在天空中飘着的蒲公英,她失去了根。

搬进去的那天是第二年农历的七月十五,往年的七月十五都要在田地里烧纸的。华端容去市里的超市买了白蜡烛,朝着北方把蜡烛点上,喊来了陈言农,“阿言来给爷爷、爸爸磕头。”陈言农咚咚地跑来,他似乎觉得有些奇怪,便多看了华端容几眼,跪下去后,他问:“不都是冲着田地给爷爷跟爸爸磕头的吗？怎么变成冲着天空啦?”“没有田地了,磕吧。”

这是陈家与土地最后的联系,终于断得一干二净。

陈言农的成长是飞快的,他似乎就像他飞速增长的身高一样,融入了城市。杨菁顺利地调进了市里的支行,陈家的土地还是与往常一样租借给别人耕种,一切似乎都变了样,又似乎一点没变。城市总归是好的,华端容总觉得少了些什么,她频繁在晚饭后出门散步,沿着小区与社区公园走着,不知疲惫、漫无目的地走着。她似乎安静不下来,也不愿与杨菁、陈言农去商场之类,总是在慢腾腾地沿着绿化带散步。她开始频繁地做梦,有时候是她与陈思申在田间耕种,有时候是她第一次去那座旧房子去见陈思申的父母,有时候是她牵着陈律道走在田间,而又有些时候,她是最后一次锁上那栋老房子的大门,与它永久地告别。华端容觉得自己似乎是病了,她在散步时,会突然忘记自己在哪里,也记不得家该怎么走,她迷茫地站在热闹的社区公园中,独自惶恐不安。

是陈言农先发现华端容的异样。

华端容把陈言农的衬衫叠好放进衣柜时,看到陈言农正弓着腰写作业,她走近了几步,拍了拍陈言农的后背,“阿道快坐直了,你爸看到又要打你了。”“奶奶你在说什么？阿道是我爸爸啊,我是阿言啊。"华端容不安地讪笑,时间似乎撕开了一道缝隙,把她藏在了里面,她发呆的时间越来越多。

杨菁第一次在晚上九点半还没有等到华端容回家。她打了给华端容配的老年机,却无人接听,她有些惊慌,喊起窝在沙发上的陈言农跟自己一起出门寻找。华端容就在与小区隔了一条马路的便利店门口,她花白的头发被秋末的寒风吹得极乱,明明隔了一条马路便是家,她却怎么也找不到。陈言农先跑到了华端容的身边,"奶奶,你怎么不接电话呀?"华端容握住了陈言农的手,"电话……对,我有电话,"她手忙脚乱地从口袋中摸出了电话,拿着那形似方块一般的机器,她却越加迷茫,"阿道,妈不会用这个啊。""奶奶你在说什么呀,我是阿言啊!"杨菁站在那里不吭声,她准确地察觉到了,有些无法面对的事实需要被揭穿。

终于是被确诊了,杨菁面对着的诊断书是薄薄的一张,宣告着华端容的确患上了这种名叫阿尔兹海默症的疾病。陈言农从杨菁手里接过诊断书看了半天,"妈妈,这是什么意思?"杨菁捏了捏他的手,"奶奶得了老年痴呆,回家吧。"她深深望了一眼正坐在诊疗室中发呆的华端容,只想要深呼吸。

陈家开始进入高度警备。他们总是在反复叮嘱着华端容不要出门,在她的衣物中放进写有华端容姓名、住所、杨菁电话的卡片,甚至在出门时将门反锁起来,但仍然无法避免这些突发状况。华端容会在杨菁下午下班回家做饭时，偷偷跑出去，在街上漫无目的地行走。如此无数次，春夏秋冬，又是农历七月十五那天，杨菁在隔壁社区的公园绿地上找到了华端容，“妈，你想去哪儿？”

“我想回家。阿菁，我想回家啊！你带我回家好不好？”华端容快要 80 岁了，她佝偻的身躯与爬满皱纹的面容，以及霜白的头发似乎都是满满的不知所措。陈言农更是迷茫地站在一旁，“奶奶，你明明是从家里跑出来的。”

“那里不是我家啊，阿道。奶奶带你回家，我们家有好大一块地的，阿言，你不记得了吗？”华端容的记忆与逻辑，似乎成了纠缠的线，甚至连关于儿子跟孙子的记忆都错乱地叠在一起。杨菁辗转反侧了好多个夜晚，决定送华端容去疗养院，避免她与陈言农都不在家时，出现什么意外。

华端容错乱的时间似乎在疗养院中得到了调整，她不会再把陈言农当作过世的儿子陈律道，只是仍然会从疗养院的房间里跑出去，在花园里不知疲惫地来回走着。杨菁总是放心的，无论如何，这是让华端容不会受到伤害的最好选择。可是总归是要被打碎的，上一次看望时，华端容握着陈言农的手，替他把闷热夏日走动中出的汗细细擦掉，“阿道，我好久没看到你爸爸了，他是不是又去北方出差了？这位是你们的班主任吗？你是不是又闯祸了？”一切都乱了套，华端容似乎回到了数十年前，只是她的身体仍留在当上。

陈言农拿着保温桶跟杨菁一起下了楼,“妈,我以后可不可以不跟你一起去看奶奶?”“为什么?奶奶是最疼你的了,怎么不愿意去看奶奶了?”“奶奶不记得我了。”

陈言农站在华端容病房门口怎么都不愿意进去,杨菁知晓他心中难受,便也不勉强,从他手中接过保温桶,自己独自进了房间。陈言农低着头,独自坐在走廊的长椅上。有位老人坐在了他身侧,“小伙子你怎么垂头丧气的,是不是不想帮你爸插秧被揍了?”许是少有人来看望,又有几位老人聚了过来,他们似乎都躲在了被时光遗忘的角落,自顾自地说着早已藏在岁月中的旧事。另一位像枯瘦老马的老人指着陈言农说:“我小儿子跟你差不多大,他也总是不愿意跟我一起下地。我们祖辈都是庄稼人,哪怕是不种地了,也不能离土地远了呀。”陈言农见过这位老人的儿子,是个高大的中年人。老人们似乎都还活在过去,他们的言语交错着,构成了一片巨大的荒芜。

吹着七月的熏风,陈言农踩着单车在小镇的马路上穿行,他胸前的衬衫口袋里揣着一张有些褪色的全家福。年轻的父母抱着还是婴儿的他,站在祖父母的身后,他们对着镜头露出灿烂的笑容,这张照片正是在老房子门口拍的。陈言农把老房子的样式记在心里,在小镇中四处穿梭,寻找着相似的房屋。

时近正午,太阳毒辣了许多,陈言农停了下来,躲在树荫下拧开了放在包里的饮料。树底下还有一位似乎在打瞌睡的老人，他突然睁开眼睛对陈言农笑了笑，“热了吧？”陈言农也笑了笑。他像是突然想到了什么，从胸前口袋里拿出了那张照片，“阿公你晓得附近有没有像这座房子一样的建筑啊？”老人的年纪似乎已经很大了，他眯着眼睛，端详了半天，对陈言农摇了摇头，“没有的，小伙子你要找这样的房子干什么？”陈言农有些泄气地蹲在老爷爷的旁边，“我奶奶一直说着想回老家，但是老家的房子早就拆掉了。她现在糊涂了，我就想找一座像一点的房子，糊弄她一下，让她看一看，再带她回去。”老人没有说话，待到陈言农站了起来打算离开，他才开口：“照片上那个小年轻跟你蛮像的，是你爸爸吧？”陈言农点了点头。“他怎么没跟你一起？”“他过世了。”老爷爷张了张嘴，又合上了，他似乎把什么话收了回去，又说：“我是前几年才从广东回来的。”

陈言农本想离开，见老人开了口，也就站在那里听他说完。“我是四十几岁去的广东，那时候刚刚改革开放，我看到别人一个个下海赚了钱，我也想赚钱，就去了广东。一待就是三十几年，老伴不在了，家人也都留在了广东，只有我一个人回来了。广东是好，我是喜欢的。哪里会不喜欢呢，我在那里赚了钱，买了房子，一家人都在那里的，我是喜欢的。可是等到我真的老了，我就想回来。家啊，其实跟房子是没有关系。我老了，就是想回到这里。你奶奶大概也是这么想的吧。”

陈言农踩着单车回市里的路上，觉得身上有着用不完的劲，可才刚到家，他就接到了杨菁的电话，“阿言，你奶奶从树上摔下来了！你快点来医院！”陈言农气喘吁吁地赶到医院时，杨菁正坐在华端容的病床前削苹果。“怎么回事啊！奶奶怎么会从树上摔下来啊？”杨菁还未开口，华端容却兴高采烈地说：“我瞧见好大一只蝴蝶在树上，就想抓来看看，哪知道蝴蝶、蝴蝶它……蝴蝶它飞走了……”杨菁把削好的苹果切了一块给陈言农，“你奶奶原本跟疗养院的老人们一起在晒太阳，你也知道我们老家的方言跟这里不通，她又不会说普通话，也就没跟那些老人一起闲谈。也不知道她怎么了，趁着护工换班的空当就跑去爬树，可不是得摔嘛。还好她抬脚没几步就掉下来了，不然……”杨菁没再说话。

“奶奶，”陈言农趴在华端容的床前，“你就真的那么想回去吗？”

“蝴蝶它飞回家了……”华端容似乎什么也没有听到，只是喃喃自语。

华端容再一次回到这片土地时，是杨菁推着坐在轮椅上的她。华端容始终是笑着的，她似乎突然好了起来，唤回了所有的回忆，她指着远处一座小亭子说：“阿言，以前你爸爸妈妈最喜欢带你去那里。”她的眼睛亮晶晶的，似乎看到了陈律道在冲她招手。他们沿着河岸继续走着,华端容开心地说道:"这条河几十年前是很宽的,我刚嫁来时,赶上了暴雨,是你爷爷赤脚背着我过河的。"她一刻地不停歇地诉说着回忆,这些陈年旧事似乎从未在华端容中记忆中失去它的光彩。

终于到了老房子所在的那片空地。除了不远处的田地,这片土地与过往再无相似之处,华端容却笑得越发灿烂,她的面颊似乎都有着平日少有的红润,"终于回家了。"

陈言农隐约记得,往北几步便是他们家的田地,每年七月十五,他都跪在这片土地上向祖父与父亲磕头。杨菁推着华端容向北走着,停在了属于陈家的田地旁。陈言农突然向前走了几步,他冲着土地跪了下来,深深地叩首。那张褪色的全家福在他的衬衣胸口的口袋中,似乎在微微发烫。

华端容知道,陈家与土地的联系又再度接上了。

她似乎看到了陈思申站在遥远的地平线处,向她走来,她有些害羞,仿若许多年前出嫁那天。

作者简介:

王依晨,笔名林长极,长居江南。自幼爱好读书,喜推敲文字,以读谈论议为乐。

收　养

夏妙录

顽皮的小鱼儿，我×你娘！周忠骂完小鱼儿就骂鬼子，骂他们祸害人。

想起鬼子祸害人，周忠就牙痒痒。

初春，鬼子住进南坑乡不久，一个叫持田的军官让部下到周忠家，说他女儿想吃鱼，让钓技远近闻名的周忠钓一些溪鱼卖给他。本来说好给个好价钱，来拿鱼时却分文不给，周忠虽有千万个不愿意，但不敢抗命。三岁的女儿眼见鱼篓被拎走，跑过去抓着鱼篓上的麻绳嚷嚷：我的鱼！我的……周忠夫妇见状吓出一身冷汗。周忠边痛斥女儿不懂事，边恳请“皇军大爷别往心里去”，妻子把几乎趴到鱼篓上的女儿一把扯回到怀里，忙不迭地安慰：阿爸明天去钓鱼给你吃……拎着鱼篓的鬼子转身狠狠瞪着周忠女儿，另一个鬼子的眼珠子则在周忠妻子身上好一阵停留，对同伴嘀咕几声后大踏步走开。周忠亦步亦趋跟了一段，保证似的说：今后我天天给皇军钓鱼，绝不给女儿留一条，皇军是客人理应款待……在鬼子的背影里，周忠不管他听不听得见、听不听得懂，都把“理应款待”等话说得真诚透亮。没过几天，周忠的妻女就离奇失踪，再没在南坑乡出现，像一圈圈涟漪消失在罗阳溪，了无踪影。

妻女失踪第二天，周忠挖了一大缸蚯蚓做鱼饵，选一个鱼儿咬钩频率最高的溪潭垂钓。街坊邻居们放心不下，先后到溪边想宽慰周忠，见他头不抬一下，一声不吭只顾一脸漠然垂钓，只好作罢，大伙约好了轮流到溪边看着周忠。中午，一个邻居给周忠送去饭菜，他一口没动。傍晚，持田的部下来“买鱼”，邻居听见周忠第一次开口：皇军大爷，现在天还冷，鱼儿胃口没开，允许我再钓一整夜，明早送你们司令部去行吗？鬼子提起浸在水里的鱼篓查看后，只能空手回去。

清晨，咚咚声打破了黎明的沉寂，那是木质水桶和罗阳溪拥抱亲吻发出的幸福感言……如果是自己打水，咚咚声要浑厚短促些，妻子打水的声音轻柔冗长些，就像镇上音乐老师扭秧歌时双手拍打腰鼓的声音一样好听。周忠曾因此借故赖床，然后尾随前去挑水的妻，等她下蹲要把扁担架上肩膀，就突然出现并打趣：看你逞能，也就半桶水的力气……周忠不用扭头望向不远处有人打水的潭子，就知道那是个女人在劳作，肯定是个辛劳持家的女人。这样想着，周忠眼前又出现美丽贤惠的妻子：割草喂猪、下地除草……

他想：再钓几条就收竿，把鱼送到用作日军司令部的乡政府大院，或许能让进去，或许能见到爱妻的身影。有个挥之不去的猜测在周忠脑海：妻子和女儿就在乡政府大院，因为小鬼子要吃鱼，他们就抓了母女俩要挟他永远给他们钓鱼。

提着鱼篓，披一身露水，周忠来到乡政府大院外，四个荷枪实弹的鬼子兵站成木墩般守在门前。周忠见状顿时气短，闯进门的勇气瞬间土崩瓦解。他想咳嗽几下以示自己的存在，怎奈喉咙燥到发不出半点声音。这时，周忠才记起自己已经两天两夜没合眼没吃没喝了，他还没来得及后悔早点给自己补充能量，一个鬼子兵就过来提鱼篓。周忠一只手不停比画着要进门的恳求，一只手牢牢抓住鱼篓绳，嘴里不停地喊着“皇军大爷”，招数用尽还是没能靠近大门一步。一个鬼子兵将鱼篓提进门，另一个鬼子兵抬手轻轻一挡，周忠轻飘飘的身子骨就像一片秋叶落到了地上。

接下来的几个月，周忠还是没日没夜地闷声钓鱼、给鬼子送鱼，有所改变的是：只要有人给他送吃的喝的，他就毫不客气地受用，胃口似乎不错。邻居们松了口气的同时，渐渐对他的作为不解，进而由不解生发出不满，直到最后，人们的同情丝毫不再，背地里称他为汉奸。因为人们多次看见周忠自如进出乡政府大院，有人甚至看见他在大院里教几个小鬼子玩皮筋、踢纸球。一个邻居实在看不下去，就把街坊们的闲话委婉地透露给周忠，谁知他大发雷霆:你们是不是见不得我好?!之后,人人都说周忠要么疯了,要么让鬼子拿符咒贴脑门了,否则怎么会将鬼子当祖宗供着?

事情的转变在八月初,每天要往乡政府大院送一趟鱼的周忠忽然被革职了似的,跟平头百姓一样进不了乡政府大院了。人们猜测,这个糊涂虫大概要活到头了。除了唏嘘,人们又开始担心周忠,他本人却毫无察觉,依旧往乡政府跑,进不去就在大门外蹲守着。

转眼到八月中旬,持田家的小鬼子最爱吃的辣子鱼大量上市,周忠花两天两夜时间,钓了六七斤,一大早送到乡政府门前,心想:或许能遇见持田就求他放自己进去,还或许进去后又能听见那个类似妻发出的喊声:妞爸——他不知道自己是否幻听,在乡政府大院里曾经多次听见那句急切的喊声。

许久不见任何鬼子进出,周忠决定绕到后门看看。

乡政府后院有一扇小门,走出那道门是一条宽阔的石子路,石子路的一侧是学校围墙,另一侧是乡政府大院围墙。学校围墙外排满了沿墙斜靠过去的松木板,那是石子路尽头棺材铺老板家的木料。石子路另一侧的乡政府大院墙内,一排简易棚沿墙而建,用做厨房。周忠曾经送过鱼到那里,那里没有鬼子兵,只有他们的家属。

到后门外,墙内悄无声息。周忠双膝跪地,趴到门下往里看,怎奈缝隙太小看到的内容有限。周忠找来个扁石，不管不顾地在门缝上锯了起来……如果有人看见，肯定以为周忠是在找死。

不知过了多久，门缝被扩大为门洞，差不多能容下周忠瘦弱的身子。正当周忠的头伸进门洞，要把整个身子往里塞时，突然响起急促的脚步声，周忠快速把头颅和身子往回缩。与此同时，他的眼神几乎和门内一个女人对上了，那不是自己的妻，而是持田的女人浅香！此刻，他才醒悟自己的行动是多么危险。

聪明人总能抓住机会让自己绝处逢生！周忠曾无数次这样赞赏自己的寻妻妙计。在绝望的奔跑中，周忠的求生欲望空前膨胀，瞬间有了锦囊计：他一闪身钻进一块大棺材板木料背后，迅速将左右两侧的木料往中间挪移，就能很好地遮住自己细小的身躯了。

蹲在松木板和学校围墙构建出的空间里好一会儿，周忠才回过神来，透过木板间隙往外看，乡政府的后门并没有打开。周忠感到自己下肢发麻，正想从木板后面出来，那扇小门底下、周忠鲁莽创造的杰作里出现一个人的脑袋，持田的女儿江美子！然后，又出来一个脑袋、一个人，池田的妻子浅香！看到这一幕的周忠诧异极了。

浅香把女儿塞进夹缝后，扔下一个袋子匆匆离开了。一切回归寂静。再看坐在地上的江美子，正背对着周忠安静地玩着什么。生怕惊动这个小祖宗，周忠沿着墙根爬着出了那个逼仄的空间，快速离开。

回家后，周忠开始想念司令部后门的鱼篓，鼻尖舌头喉咙里，几乎全身每一个细胞都开始想念鱼的美味，同时发觉自己几乎近半年没尝过鱼滋味了。

夜幕降临！夜幕快点降临！周忠向天、向地，也向罗阳溪祈求。

周忠已经很久很久没白天黑夜的概念了，这天他突然回想起二十四个小时的光阴当中还有黑白之分、爱恨之分、亲疏之分，前段时间自己到底怎么了？黑白不辨爱恨不分亲疏感全无，周忠想到一个词：失心。

夜幕终于降临，整个南坑乡让黑暗裹得严严实实，周忠准备偷偷摸到目的地。还没迈出家门，陆续有枪声传来，仔细倾听的人都知道，枪声来自乡政府大院方向。好心的邻居很快聚拢到周忠家门前，推门进去轻声喊着屋主。见周忠安然，他们就在黑灯瞎火里议论开了：

今天下午有人看见鬼子兵在乡政府大门外堆干柴垛。

整个下午乡政府大院很热闹，歌声很响亮。

傍晚时分，几个鬼子兵往柴垛上倒水或者其他什么液体，看起来好像要把干柴垛当禾苗来浇灌。

……

没聊多久，周忠家的人越聚越多，大家一致赞同悄悄到乡政府隔壁的棺材铺老板家楼顶看看，站那里可以看见乡政府大院的一角，如果里边有大动静，也能听得八九不离十。棺材铺老板担心人多闹出动静招来杀身之祸，起初不敢放任何人上楼，尤其是大院里不断传出枪声，那是一个个不祥的征兆。直到大院里传来撕心裂肺的哭声，开始是一个女人，慢慢地演变为成片的鬼哭狼嚎，还夹杂着呵斥声。人们渐渐明白了传言不假：鬼子要完蛋了，战争要结束了，他们可能在自戕。

推测出这样的结论后，棺材铺老板允许大家排队逐个上顶楼，并嘱咐每一个人小心行事，保证只看不出声。此时，隔壁的鬼哭狼嚎渐渐停歇，还有低声的哭泣不断传来。

第一个人上楼看到了一个长官模样的鬼子拿枪顶着一个穿和服的女人。

第二个人看到大院里灯火通明，鬼子兵个个荷枪实弹，好像有战斗任务。

第三个是周忠，他看见持田在训话，他还能根据场面推测出鬼子兵把家属们围在大院天井。持田脚边躺着一个女人，像浅香。

哭声再次响起的时候，远比起初的悲戚绝望，简直来自地狱，仿佛一群厉鬼在齐声哀号。

这时，刚从楼顶下来的人慌张道：鬼子兵出大院了，不知要去祸害谁呢。

隔壁撕心裂肺的哭声、尖叫声持续不断，又一个从楼顶下来的人说：鬼子兵都背着枪走了，大门也关了，哭声全都来自女人和孩子。

不一会，一街之隔的乡政府大院被熊熊大火包围了。人们愤怒道：一群畜生，自己逃走却要烧死持家的女人和年幼的孩子！

不知谁悄声提议：救火去？

另一个声音：他们是鬼子的人！

又一个声音道：至少他们没有直接拿枪炮祸害过我们，还有那些孩子。

这声音有点底气不足，但还是得到了几声呼应。最后，人们确认鬼子兵已经走远，就以“孩子无辜、抢救孩子”的名义，提着水桶、脸盆等一切能用来装水的东西，出去救火。来到熊熊烈火包围的大院外，南坑乡的人们才发现，鬼子兵做得不留一点余地：他们把大院所有的门窗钉死，人们根本无法施救，只好任凭里边绝望悲戚的哭声渐渐远去……火灭时，大院里只有横七竖八的尸体，一个活口也找不到。周忠把尸体逐个看过去：浅香脑门中枪，安详地躺在天井中央；有两个女尸，体型像爱妻，但被严重烧焦无法确认；几个能辨认的都不是他的妻……

人们似乎明白了，整个下午的歌舞升平，是他们要向天皇谢罪的前奏，是集体绝命前的狂欢。惨绝人寰的痛哭，是源于对死神的恐惧。出于求生的本能，女人们曾经恳请身为长官的丈夫们高抬贵手，放她们和孩子一条生路，但遭到彻底的拒绝，屠杀就开始了，好几个女人死于枪击。人们猜测：她们很可能在自己丈夫的枪口下倒下，因为有人在隔壁楼顶时，就看见有个军官模样的男人，一手拥抱自己女人的同时，一手拿枪对着女人的脑壳。

南坑乡的人们无法理解鬼子自戕的行为，就像无法承受此时的死寂，人们都齐刷刷站着，不愿离开也不愿说话，个个心里堵得慌。时间凝固在一个个烧得面目全非的尸体上许久，善良的南坑乡人还在侧耳倾听，那些杂乱绝望无助的哭声还是像猫爪般，挠着他们的耳膜、抓着他们的心窝，让他们很不好受。

哭声！有哭声！

一个哭声若有若无地飘过来，立刻被那些寻找生命迹象的耳朵捕捉到了，一阵欣喜跃进大家的心田：总算还有活口！确认哭声来自后院方向，大家急忙忙向后院跑去，就像奔向处于危难关头的至亲。

周忠突然醒悟过来，连忙跑到队伍最前头带领大伙走向院外的石子路。周忠搬开木板，江美子还像原来那样坐在地上，她前面是一堆类似马头的纸片，还有一些其他玩具。

见有人来，江美子停止哭泣，抬头看见周忠的时候，再次放声痛哭起来，嘴里一次次喊着：哦 do 桑、哦咔桑……

南坑乡的人们不知道小女孩在呼喊什么，但谁都看得出来她在急切寻找自己的亲人。

江美子把双手举起伸向周忠的时候，他犹豫着要不要把手伸出去。几乎是在几秒钟的愣怔里，周忠在江美子泪眼迷糊的脸上看到了女儿的眉目、女儿的小嘴，甚至连那鼻涕眼泪都是女儿流的。

周忠，抱抱她吧？

不知是哪个女人带着一丝颤抖说出来的话。

你不要就给我吧？

另一个人挤到周忠身边，看着小姑娘这样说道。

其实，还有好几个失去孩子的男人或女人也差点说出这样的话。

这时，另一个哭声从另一处木板和墙的夹缝里传出来。人群里又一阵欣喜和骚动，好几个男女一起跑向那哭声。南坑乡人做梦都想不到的是，那哭声竟然来自周忠的女儿！

人们把靠墙木板掀了个遍，再无任何收获。

此刻周忠才明白，为不被发现，浅香在救出俩孩子后做出选择：死在丈夫的枪口下。

一阵密集的枪声从罗阳溪边传了过来，周忠来不及多想，抱上江美子和女儿,随着大伙儿赶紧跑回了家。南坑乡的人们不知道,正是那群走出乡政府大院的鬼子兵在罗阳溪开了枪,因为罗阳溪流向东海,海那边是他们的家乡,他们不能死在自己的家乡,就选择了能够望向家乡的罗阳溪边。每个鬼子兵留下一颗子弹给自己的脑袋,其余的全部射向天空,向他们的天皇报丧。

这天,正是一九四五年八月十五日,周忠除了找回自己的女儿,还收养了一个。

作者简介:

常用笔名白沙,浙江省作协成员。小说在《西湖》等数十家报刊发表,出版个人小说集《借你一点自信》、个人散文集《给生活一张漂亮的脸》。

女孩、男孩和壁虎

朱　灿

这是一部充满童趣但又悲伤的电影。

她看上去才八九岁，她坐在我的左边，一脸严肃地坐在那儿，她的妈妈则坐在她的左边。

她在找到位置经过我的身旁时，对走在她前面的妈妈说了句："不准玩手机。"我一下子就注意到她了，她坐下后，我对她笑了笑，她也对我报以微笑。

"这是我第二次来看这部电影。"她悄悄地对我说，笑着说。她的妈妈仍低着头在看她的手机。

"你喜欢这部电影？"我问她，轻声地问。电影还没开始。

她点点头："我爱这部电影，但看完后我总是觉得很难过。"

我突然觉得有些好笑，她才这么小，她说她爱这部电影，可她又看过多少部电影呢，她又在难过些什么呢？

她突然转头不看我，一脸严肃地看着前方那巨大的荧幕。我想她大概看到了我脸上的表情，这使我有些难堪，她只是一个孩子。她的妈妈仍盯着手机，厅里暗了下来，那小小的荧光反射在她的脸上，显得苍白可怖。

荧幕上仍在放着各类广告，离开始还有三分钟。

她转头看向她的妈妈，我看着她。

“要开始了。”她说。

“等等，妈妈这里有要紧的事情。”她的妈妈没有看着她说话。

“电影不会等你。看电影也是要紧的事情。这部电影，我爱这部电影，这也是要紧的事情。”

她叹了口气，她的妈妈对着手机叹了一口气。

我突然感觉很难过，我差点为这个小女孩流出眼泪。我吸了吸鼻子，然后为自己感到脸红，我已经二十九岁了，还差几个月我就迈入三十，而我现在却为这个只说过几句话的来看第二遍电影的小女孩流泪。

我想如果我把这件事告诉我的妻子，她恐怕也会哭，她会靠在我身上哭湿我的衬衫，她是那么喜欢孩子。

她的妈妈放下手机，终于看了她一眼，她的妈妈把手放在她头上并顺着她的头发摸了摸。我想她的妈妈是在想体现母爱这个词。

小女孩很受用，我看不见她的笑脸，但我听见了她轻轻的笑声，她满足于此，她觉得她得到了母爱。

电影开始了，我眼角的余光看见她转头看了我一眼。我想她是在看我有没有好好看电影。

“为什么你总是那么累呢？”电影里的妻子问丈夫。

“你总是让我失望，你知不知道，什么都被你弄得一团糟。”丈夫大吼。

一直在偷看的小男孩——他们的儿子——从卧室里跑出来，他穿过那张大得离奇的餐桌——这是他们在结婚前共同选中的餐桌，他们喜欢它那大得夸张的桌面，因为能将许多的菜摆放在上面。但此刻桌上只放着三盘菜。

他跑过去，小小的脚步。他跑过去抱住他的妈妈。他只能抱住她的大腿，就好像他不想让她走一样。

她在轻声地啜泣，他扶着额头靠在墙上。

“妈妈。”他轻声地喊了一声，只喊了这么一声。他就那样抱住她，没再做什么没再说什么。

我想到妻子，我们也吵过架，但我们之间没有小孩，没有小孩抱住她叫她妈妈。

“你觉得爸爸妈妈明天会和好吗？”他问那只可爱的壁虎——它已经在那条墙缝里待了三年了。

“我想会和好的，他们的感情很好。他们只是想冷静一下。”它摇着尾巴说。

男孩听了它的话,想了很久,镜头一直停留在壁虎的尾巴上。

“他们会像你的尾巴一样那么轻易地,突然就断了吗?”

他只是一个九岁的小男孩。

我看了看坐在我左边的这位小女孩,她爱这部电影,她的确会爱这部电影。

她一直盯着银幕,被带进去,小男孩伸出手来牵着她的手,她的另一只手抓住壁虎的手。

“但是你的尾巴很快就会重新长出来,对吗?”

“是的,对,你能这么想就太好了。”壁虎一个劲地摇着它的尾巴。

小男孩看着它的尾巴。他又在想些什么呢?我为他感到难过,就像我为小女孩感到难过一样,我们都怀着一种真诚的难过。

她的妈妈又看了一眼手机。

男孩闭上眼睛,他很累了,他那么紧地抱住他的妈妈,他想安慰她,他觉得她感受到了。他一下子就睡着了。

壁虎偷偷溜了出去,它想去看看他们的情况是不是真的那么糟糕。妈妈精疲力竭,爸爸也精疲力竭,他们对对方都感到疲累,这种疲累会使他们做出一种错误的选择,一种伤害到男孩的选择。壁虎不想看到男孩伤心。

爸爸躺在沙发上，他并没有睡着。他盯着天花板，怔怔地看着。妈妈躺在床上，她并没有睡着。她盯着天花板，怔怔地看着。

“妈妈，不要看手机了。”小女孩轻声急迫地说。

“为什么你总是不能懂事？”妈妈轻声地责备她。

为什么你总是不能懂事。

他们吵架后的第二天早上，壁虎叫醒男孩，它用以往的方式叫醒他——用它的尾巴挠男孩的小脚底板。男孩每次醒来后的第一件事就是哈哈大笑。

“妈妈。”女孩用恳求的声音想让她的妈妈能认真地看完这部电影，就像那个男孩抱住他妈妈的双腿，希望他妈妈不要离开一样。

他们仍在冷战，以一种看不见的暴力方式肆虐他们的感情。小男孩那颗小小的心脏在这股暴力之下破碎了。

他无声地哭着，抽泣着。但是他们没有哭，他们给自己创造伤疤，给自己痛感，可他们却没有哭，男孩在为他们哭。

可怜的孩子。

她的妈妈在黑暗中——即使是在黑暗中——她的妈妈仍做了那个动作，把手放在她头上并顺着她的头发摸了摸。一种习惯性的自以为的母爱。

男孩躺在床上，他并没有睡着。他盯着天花板，怔怔地看着。

“我想他们明天就会好的,以往他们也吵过架不是吗?”壁虎安慰男孩。

男孩没有回答,也没有做出什么动作。他眼睛里盛着泪水。

我突然听见一阵很细小轻微的哭声,然而那不是男孩发出来的。是女孩。

“怎么了?”她的妈妈问她。

“电影快结束了,他又要做那件事了。”女孩说。

她的妈妈笑了笑,仍旧做了那个动作,就好像不同场景下的同一动作能带去不同的意义。

男孩抚摸着壁虎,轻轻地、缓缓地,整个电影院没有一点声音,只有男孩的呼吸声。

我们所有人都被吓了一跳。

男孩突然扯断了壁虎的尾巴,他就像变了一个人,就像变成了一个十恶不赦的魔鬼。壁虎仓皇地逃进墙缝中。那条尾巴仍在男孩的手中急速地抖动着。

“你的尾巴很快就会重新长出来的对吗?”

黑幕。属于片尾的交响乐响起。电影结束。

“是不是就算看上一万遍,他还是会这么做。”女孩问我。

她的妈妈诧异地看着我。

“我爱这部电影。”我对女孩说。

“我们都应该爱这部电影。”我对女孩的妈妈说。

作者简介：

夏妙录，常用笔名白沙，浙江省作家协会成员。有小说在《西湖》等数十家报刊发表，出版个人小说集《借你一点自信》、个人散文集《给生活一张漂亮的脸》。

和　棋

叶予之

阿菊新婚,第一次在婆家过年。节俭的公婆没买什么大鱼大肉,老酒倒拿进了好几瓶。

公公会喝酒。要喝:热酒、慢酒、响酒。热酒、慢酒简单,烫得热,慢慢喝就是。这喝响酒,就是要有人一起喝,边喝边讲讲话。这,有点难。公公也就轻易不喝酒。

正月初六,一个和公公差不多年纪的肤色黝黑的客人来了。客人身体健康壮实,就是走路一瘸一拐,"摇大浪"一般。他一进门,就高喉大嗓地吼:大哥!大嫂!拜年来啦!大嫂,老酒烫热了哦?下饭勿论,老酒要热。大哥!快,快摆上。

在小堂前的八仙桌上,两人先相对而坐。下饭和老酒还未拿来,公公却把一盘象棋摆好。已泛黄破损的棋盘纸,黑褐色油光发亮的棋子。

婆婆开心地嘀咕着说:喝响酒的伴来了。并对她介绍说:叫阿叔。

阿菊帮着把过酒菜端上，把灶上烫热的酒续上在镴酒壶里。老汉拿起鬣酒壶，给公公和自己泄好酒。白瓷蓝边小酒杯稳稳端好，端到唇边嘬一口，眉峰往上抬了抬，才又缓缓咽下。对公公说：来！红为大，你先走！几盆过酒菜就挪到了桌子两边，正中就是那个破棋盘。

公公和老汉咪一口酒，下一着棋。阿菊看着棋盘，不禁心痒痒的走不开步子。阿菊从小就爱趴在桌角看爹和人下象棋，又央求爹教她。慢慢地，也学会了在汉界楚河里调兵遣将，纵横驰骋，棋艺还不错。这会，她就把烫酒续酒的事儿从病恹恹的婆婆手中揽了过来。

两个人都好酒量。阿菊炖热了，续上；炖热了，续上，来回不停。她刚一转身，就听阿叔大着嗓门在吼：你赖皮！

没赖。

赖了！

没赖。

要落子无悔。

是落子无悔。

你手指头沾着子了，咋不走？

是在揩酒珠儿。

这盘不作真，重来！

重来就重来。

两个七十好几的人了，像小孩一样争执。阿菊好奇地看着，嘿！这个阿叔真不是公公的对手。最起码的明暗双炮夹攻也不会招架。就这水平，她也敢跟他对弈。

公公似乎看出了她的心思，喝了口酒，悠悠地说：观棋不语。嗯！观棋不语。

公公先赢了两局。阿叔又给公公和自己泄上热酒：哼！再来，五局三胜制。

再来就再来。

婆婆忙端出了火热的茭菜肉丝炒年糕，要他们吃了再下。阿叔大口大口把炒年糕塞进嘴里，还把公公未吃完的半碗挪到了桌角边，用手掌抹了下油腻腻的嘴巴，往掌心呵了口长气，搓搓手，说：快！再来。

这一下，公公明显被阿叔占了上风，但阿菊看着又是着急，心里在说：这下的是哪门子臭棋！卒过河，炮挡头，车保后的“暗将”陈式也不会破解，注定要输了。公公又朝她看了一眼，她又不敢说任何话。热酒又续了几次，两盘棋方结束，公公输了。

阿叔高兴得手舞足蹈，黝黑的脸上泛起了陶醉的驼红色：和啦！和啦！再一盘，我定要赢。公公用手支着额说：阿弟，实在对不起,我的身子骨不如你。再下一盘吃不消了。

阿叔就爽气地说:那就算了,明年再来。哼!我就不信赢不了你。这辈子,我定要开局三胜赢了你!

婆婆连忙追出来,把一大包熟食和点心,用一条布带扎了,一前一后搭在他肩上。说:阿弟,慢慢走,三四十里的路,还要翻过岭,你中途歇一歇,中途歇一歇,你大哥身体吃不消了,你明年再来,明年再来。

明年定来,明年定来。挥挥手走了。

婆婆对阿菊说:这是老家一个远堂兄弟,一直和他们很好。年轻时,他妻子被人拐走了。他一气之下跳下了山崖。后来,人是救回来了,腿落下了残疾,一直孤身一人。人是个好人,可也是个怪人。那几年,出远门了好几年,说是在远远的深山老林的庙里住着。拜了个和尚师傅。回来后,就爱下个象棋。山里头人都输在他手下。后我们搬到外边来了,你公公的棋艺在他之上了,他就不服气,定要来赢了他,每年正月初六准定来。他在给人管花木苗圃,托着人管一天,也只能在这待一天。他说为盼着一年里这一天能和你公公来下棋,过日子也就有了劲头。真是个爱棋如命的怪人。

不料,春上,有病的婆婆突然旧病复发,离开人世。公公受此沉重打击,也病倒了。半身不遂,躺床上,不能下地。丈夫阿峰告诉过她:他是公婆近五十岁时抱养来的,爹娘把他养大很不容易。阿菊是个孝顺的儿媳,索性辞了工作,在家精心服侍公公。

到了腊月,公公临终前对阿菊说:老家也没有什么在走动的亲人,就只这个阿叔。阿叔孤身一人,没有后代,你们两人要多多照应他,尽孝道。他爱下象棋,每年的正月初六就让阿峰去叫他来,你陪他下棋,阿峰给他烫酒泄酒。他喜欢五局三胜……

公公也撒手走了。料理好后事,就到了正月初头。阿菊备了一大包熟食和点心,阿峰就去里山看望阿叔。她自己挺着大肚子,不便同去。阿峰回来后说:阿叔得知爹娘已离世,一直大哭不止,正月初六也没心思过来,以后再说。

阿菊生了个儿子。每年的正月初头,阿峰总是带着一大包好吃的去看阿叔,阿叔总有理由推托着不肯过来。

直到儿子读幼儿园大班,阿菊又承包了镇上的敬老院。当阿菊得知阿叔又重重地摔了一跤至腿骨折,拄着棍子走路也困难,花木苗圃也不能管了,她就和阿峰一起去了里山,对憔悴消瘦的阿叔好说歹说,要他住到阿菊的敬老院来,她会像亲女儿一样照应他。阿叔不吭声。阿菊又说了:我从小就会下象棋,以后阿叔住一起了,早晚有空还可以下下棋。这一说,阿叔眼睛亮了起来,才同意来一起住。

阿菊待阿叔真是没话说,总是抽出自己吃饭和睡觉的时间,给阿叔泡脚、按摩、扶着学走路。阿菊把公公的象棋匣也带了过去。

阿叔平日不提下棋的事，到了正月初六，就要催着阿菊摆棋盘，总以两赢两输和棋为终。他总是爽气地挥手，对阿菊说：你有事，不下啦！老人们取笑他：咋总不能赢了你侄媳妇？他哈哈笑着说：侄媳妇，棋厉害。阿叔却也记住了侄媳妇的话：老酒不能多喝，多吃蔬菜水果，多活动，多走路，开心过日子，健健康康长命地活着，才能每年和侄媳妇下象棋，总有一次会赢了侄媳妇。阿叔做得很好，身子骨又健健壮壮，大脑也清清爽爽。

一晃，阿叔九十余岁了。正月初头，受了风寒感冒，阿菊好生服侍他。初六那天，精气神好转，叫阿菊来他房间摆棋。阿菊恐他累着，说改天再下吧，阿叔执意要下。阿菊就给他搬来一把靠背椅，让他坐着舒服。

一上来，阿叔就以攻势凌厉诡异迅速的棋法，长驱直入势如破竹的棋路，让阿菊猝不及防措手不及。很快，阿菊输了第一局。

阿叔完全改变了从前的走法，阿菊傻了眼。她挺了挺，马上又摆好了棋盘。她连大气也不敢出，双眼死死地盯着棋盘，分外小心地走好每一着棋。

事实是：这一局，阿菊输得更快更干脆。阿叔瘦骨嶙峋的几个手指，犹如一把大扫帚，把棋盘上她的子儿，像扫落叶一样，快速地扫干净。她像小时候和爹爹下棋，输了，朝着爹爹无奈又撒娇般地叫了声:阿叔!

阿叔也如当年爹爹那样的眼神和脸色朝着她说:来,第三局。

这一局,阿菊走得满手心都是汗,额上也渗出了细密的汗珠。只几个回合,她就知道:这局也是输定了。虽然,她多么想赢。如同小时候,代表市少年队,去参加省里的象棋比赛,先两局输了,但她努力地扳了回来,又成赢局。这么多年,和阿叔随自己心意下棋,输赢全掌握在自己手中。今日,怎么赢不了啦?

忽然,她听到了阿叔急促的喘气声。抬头一看,阿叔的脸上泛起了如醉酒般的潮红,手也在颤抖。她忙说:阿叔,我又输了。您累了,不要再下了。我扶您上床休息一会儿,待会儿吃晚饭,我会下碗素面来给您吃,您不要出去了。

待阿菊把一碗火热喷香的红糖姜丝素面端到阿叔床前,见阿叔没声息。阿菊用手去扶,竟发现阿叔已没了呼吸。阿叔的脸色红润平静,嘴角留着一抹满足的微笑。枕头边端放着公公留下来的红木象棋匣,匣上面有几张折得方方正正的画满了图案和线条的已毛边了的白纸。

阿菊悲戚戚地叫了声:阿叔……眼泪流了下来。

作者简介：

张小红，又名张晓红，笔名叶予之，1953 年生，宁波市作家协会会员。二级肢残，基本已不会行走。靠阅读望外面世界，亲近世人，也靠手中的笔，证明自己存在，活得不坏。如此，已坚持了漫长的半个世纪。十几年前，得过全国春笋杯、小小说三等奖。后一直以写散文为主，刚刚又学习写小小说。

老K的臆想

依然月牙

一

一件事，如一根针，戳入老K的心里，时不时冒出尖来，戳得老K坐立不安。

因为这事，老K看谁都是一副鬼头鬼脑的样子，似乎各个都怀着不可告人的秘密。

单位里，同事们偶尔聚在一起交头接耳，老K的心里便会擂起战鼓听。他们在说什么？讨论我的事么？老K仿佛咬定了似的。

“一群吃里爬外的狗崽子！”对着说说笑笑的同事，老K从心里阴森森地冒出一句话。

朋友聚会，大家笑着跟老K打招呼。老K蓦地一惊，觉得那笑容实在可疑，仿佛是涂上了蜡，闪着冷冷的光。这些人为什么要对我笑？难道一个个都知道了那件事？

“一群没良心的家伙！”对着朋友们送上来的笑脸，老 K 无端地想到一个词：笑里藏刀。

二

这事还得从一篇小文章说起。

话说，无意间有人看到了一篇报上发表的小文章，递给了老 K。

“您看，这文章里写的是您不？”那人小心翼翼地问。

对着文章，老 K 仔仔细细地看了三回。“嚇！说的不就是我吗？”

老 K 越研究越觉得像。

可不是么？

同一个姓，同一个职务，同样都是偏远的小镇。最要命的是，文中索贿、受贿的故事都大同小异。

老 K 听到自己的心狂跳起来，浑身的血液狂乱地来回奔跑。

“是谁？到底是谁？谁想着要害我？”

无数的猜疑从心里滚过，每一次的臆想都像一双捏紧脖子的手，掐得老 K 无法呼吸。

一些冷汗，从额头渗出。老 K 越想越害怕，仿佛看到一个黑魆魆的枪支口，一动不动地瞄准自己。

如果这件事扩大，如果这件事被纪委知道，如果这件事被群众口口相传……如果，如果……

无数的“如果”像一股拧紧的麻，将老 K 的心脏一圈一圈地勒紧。

小小文章，成了老 K 的心病。老 K 恨不得立刻找到那个写文章的人，把他揪出来！

是的，一定要把他揪出来！老 K 对着暗中的人伸出一个鄙视的中指。

三

老 K 开始打电话。

他怒气冲冲地打给报社编辑，质问：“为何要发这样的文章？”

没想到，编辑大吃一惊，说：“这只是一篇小说，纯文学的小说。发在文学欣赏的栏目，不犯法！”

老 K 没想到会有这样的回复。他不懂什么文学不文学，不懂什么小说不小说。他只知道这个作者没找出来，这文章就是长在他心里的一颗瘤。

老 K 找了报社的主任，气势汹汹地逼问。

“说，这文章是谁写的？”

主任摊摊双手，无可奈何地说："文章是寄过来的，作者只有一个笔名，谁也不知道……"

"啊！还有这回事？"老K越发地慌乱，像踩在了悬崖边，不知何时会掉下去，老K的汗啊，涔涔地挂下来。

以为弄个虚假的笔名，我就不知道你是谁了吗？老K有老K的方法。

老K不停地打听。

他在小小的H县一一过滤可疑的对象。

医院里有个护士文笔挺好，会是她吗？

小学里有个老师经常发表文章，会是他吗？

同单位的小刘一直觊觎他的职务，会是他写的吗？

……

本来，一篇小小的文章，无人关心，无人过问。

因为老K的地毯式地搜问，一下子就火了。整个H县的人都争着抢着看这文章，整个H县的人都把老K与文中的贪官对号入座了。

越看越像，越看越像。

终于，一些议论从小城像雨后的春笋一波一波地响起来了。

终于，一些质疑从小城像滚雪球一样一个一个地多起来了。

终于，一篇小小的文章，变成了一个"对号入座"的现实版。

四

老K好几夜都睡不着了,黑暗中睁着无数的眼睛:有看戏的,有冷笑的,有复仇的……老K更加惊恐不安了,听到警笛鸣响,哆嗦不停,看到穿制服的,心悸不已。他不知道那个暗中的枪支何时射出最后的“子弹”。

老K每天心惊胆战。短短一个月,吃不下,睡不着。

他犯了病,住进了医院,恍惚得像个弥留的人。

一封急电召回了念大学的儿子。当老K的老婆气急败坏地把报纸文章拿给儿子看时,儿子大叫一声:“啊?这文章是我写的!”

“什么,你写的?你什么不好写,偏写这破啥子文章!快要你老爸的命啦!”老K的老婆大声喊道。

“这些都是虚构的啊!我只是写着玩玩的。没有真人真事,都是编的啊!老爸怎么可以对号入座……”儿子吃惊地说道。

“什么?你写的?都是你编的?”病床上的老K猛地坐起来怒喊一声,随即,嘴一张,眼一瞪,“啪”的一声倒下了。

医生宣布:老K心脏病突发,去世了。

天啊!老K的老婆大叫一声,昏了过去……

作者简介：

原名胡曙霞，杭州市语文教师，喜欢文字，喜欢写作，有文章在《青年日报》《山西日报》《西部散文选刊》《华夏散文》《向度》《双月湖》《浙江作家》《家庭教育》等报刊上发表。

落　西

陈　娓

夜幕来临时，落西便坐在后院的石条凳上漠然地看着落日余晖。

黄昏的夕阳，是一种缄默。落西每天傍晚都默默守着她，凝视她。以前，落西从未留意，也毫无察觉，晚霞落在布满黑暗的山头时，天空竟这样柔美和孤寂。当最后一缕霞光悄然隐退时，落西便与那夕晖有了惺惺相惜之感，心中顿时有了一种说不出的悲凉。

无论内心多么煎熬和哀怨，她就像日落的太阳，只能选择沉默，把所有的委屈和希望都消融在这漫漫的长夜里，然后，等待明天的太阳再次从东方升起。

九个月了，落西日复一日等待着。应该快了。等这个女人离开，她相信，丈夫的心又会回来，这个家又会像从前那样温馨和快乐。

落西初嫁沈家时，不知多少次跪在佛前叩谢，使她今生有缘遇见贤。

落西非常知足。沈家家底殷实，丈夫贤儒雅俊朗，又上过洋学堂。尤其是婆婆对她呵护备至，这使她备感欣慰。落西虽上过几年私塾，但她恪守妇道，遵循“三从四德”。她要用一辈子的感恩去守护这个家。

但幸福的日子并不长。几年后，每当婆婆的目光落在她的肚子上时，落西的心便虚得发慌。婆婆虽没说什么，但看到她每天虔诚地跪在佛前膜拜祈求时，落西的心便如针扎似的痛。

起先，贤还不断地安慰她。慢慢地，他也变得寡言了。

每次用膳时，落西都无法直视公婆责询的眼光。慢慢地，餐桌上似乎没有了话题，只剩下银筷触碰瓷碗而发出冰冷的响声。这声音让她发怵。落西不敢多言，甚至憋着气不敢喘息。

沉默的气氛终于打破。一日，公婆下了指令，贤必须纳妾。

该来的还是要来。落西没有权利反对，但丈夫贤不愿意。落西贤惠又漂亮，贤非常敬重她。再说他接受过新文化教育，不愿家庭关系变得复杂。他的父亲没纳过妾，自己更不能纳妾。但“不孝有三，无后为大”，祖训如令，贤左右为难。公婆见状，也不忍心为难儿子。无奈之下，为了延续沈家的香火，他们决定为贤“典”妻。

旧时，“典妻”在江浙一带的农村非常盛行。如果有钱人家无子嗣，太太又不许丈夫纳妾，就“典”个妻子来繁衍后代。被“典”的女人一般都是家境贫寒，但生育能力旺盛。“典妻”通常都有契约。在承“典”期间女人不得回家，等生完孩子后，承“典”关系便告结束，生下的孩子从此与生母没有任何关系。

几个月后，有一个叫菊的女人，住进了沈家。菊是经过媒人精心挑选而来的，住在西屋，与落西的东屋刚好门对门。

菊第一次见落西时，头都不敢抬，只是轻轻地叫了声“少奶奶”，但落西见到她时，心便悬了起来。

菊虽没有落西那么漂亮，但身上似乎有一种让男人无法抗拒的诱惑力。她不像落西，总是穿着一条肥大的长裙，把女人所有的春色遮得严严实实。

落西细细打量着她，乌黑的长发挽成髻搭在后脑勺，髻的中间抽出一绺发梢绕在白皙的脖子上，显得有些娇羞。无领藕粉色对襟上衣紧紧裹着她丰满的身子，走起路来，前胸随着脚步的韵律，上下耸动着，小蛮腰下的裤子紧包着浑圆的臀部，惹得老实巴交的公公都忍不住要多偷看几眼。

菊作为被“典”来的“妻子”，初到沈家时，地位是卑微的。平常，她总是低着头，小心谨慎地处事，从不在公众面前现身。

贤自从第一次进了西屋，落西便很快捕捉到了他情绪上微妙的变化。他不再像以前那样沉默无语，眉宇间写满了春意。

菊的到来，让这个沉闷的家顿时有了生气。饭桌上，菊总是挨着贤坐，而贤的目光似乎都在追随着菊的身影。这种彼此情感的互动，落西与贤也曾经有过，而现在，她只是个看客。见此情形，落西总是装着若无其事的样子，但目光里却掩饰不住无限的哀伤。

吃完晚饭，菊放下筷子回西屋，贤稍后便尾随而入。落西明显感觉到丈夫的急切。她忽然觉得贤十分可恶。

西屋不时传来欢快的打俏声。尽管他们的声音压得很低，落西还是听得很清晰。那一阵阵欢愉声，声声刺痛着她那敏感而柔弱的心。落西便怆然逃离到后院，落寞地守着最后一抹残阳消失于茫茫黑夜。

不久，菊怀上了。这是沈家天大的喜事。

西屋变得热闹起来。递茶端汤，不时有人进进出出。

贤偶尔也会来东屋过夜，但他们之间似乎已难有灵与肉的交集了。

落西变得越来越沉默，也很少走出东屋，她无法忍受菊日渐丰腴的身子在眼前晃动。而菊在落西面前也不再低着头，她尽情地享受着贤的温情和婆婆的关爱。显然，菊不仅是沈家的繁殖工具，她已猎走了贤的心。这让落西对菊充满了恨。

沈家的种已播下，只等瓜熟蒂落了。想到此，落西便就有了些许欣慰，这种幽怨的日子总算也有尽头了。

欢天喜地的婆婆已在做菊的产前准备。看到落西失落的样子,她总是劝着:“你是沈家少奶奶,肚量要大,你才是孩子他娘。”她神秘地告诉落西,菊怀的必定是个小子,她已给孙子起好名字。沈家的宝贝,沈家的根。就叫沈宝根。

宝根还在菊的肚子里,沈家似乎处处都有了他的影子。只要有客人来,婆婆便会亮出所有为宝根准备的用品:“这是我们家宝根穿的衣服,这是我们家宝根坐的椅子……”

其实落西与公婆一样,都急切地等待着宝根的出生。不同的是,婆婆等着的,是沈家的传人;而落西等待的,是那个女人完成使命后的离开。

随着菊产期的临近,贤似乎心事重重,整天像个闷葫芦似的。他经常一脸惆怅地坐在桌前,呆呆地看着窗外。当菊挺着大肚子,用手扶着腰在庭院里来回走动,贤的眼里便写满了怜爱。

正如婆婆所愿,沈宝根降生了。

那一天,沈家张灯结彩,高朋满座。宝根被乳母抱进了东屋,落西便成了宝根的娘。

菊就要离开沈家。临走前她第一次踏进了东屋,跪在落西面前泣不成声。她恳请落西原谅她对贤贪婪,只希望落西能真正成为宝根的娘。落西抱着宝根扶起菊。此时,她对菊已没了先前的恨意。她不想多说什么,只希望眼前这个女人快点消失。

菊走了,憋屈了一年多的落西并没有原来想象中的快乐。

尽管宝根有乳娘在，落西还是尽量把他带在身边。落西明白，以后宝根便是她的天。每当夜深，宝根便闭着眼睛，头直往落西的怀里钻，边哭边不自觉地把小手伸向她的乳房。而落西总是不知所措地将他推开。年幼的宝根需要与母亲的肌肤亲近，但落西却给不了这种抚爱。宝根从梦中醒来，总是啼哭不止。几个月下来，落西身心疲惫，只好把宝根交给乳娘带。更让她沮丧的是，菊走后，贤从此郁郁寡欢。他依然住在西屋，很少进她的房间。

落西经常对着镜子里的自己怅然若失，她也挽起了菊那样的髻，把一绺发梢拖到脖子上。但心里不禁一阵阵酸楚。

贤对落西的冷漠更勾起落西对菊的恨意。菊离别前与贤缠绵悱恻的情景，至今让她挥之不去。宝根渐渐长大，像极了菊。他就像是菊的影子，无时无刻不在她的面前晃动，提醒着她和贤。

岁月就在落西的等待和期盼中流失。自从菊离开后，贤再也没有在东屋留过夜。

宝根进入学堂读书后，与落西的关系也是若即若离。他不像别的孩子那样，可以在母亲面前肆无忌惮地耍横耍懒。母亲对他的要求非常严格，在他的记忆里，就没有被母亲亲昵地抱过。尤其是爷爷奶奶过世后，宝根只有在乳娘面前，才能找到一点母爱。

贤接管家族生意后，就很少在家了。失去丈夫关注和眷顾的落西，不再像以往那样照镜子，至于梳什么髻，穿什么衣服，就更不讲究了。

虽然与宝根不怎么亲近,这些年落西也尽母亲之责。宝根身上穿的衣服,都是她亲手缝制的。每次试衣,宝根都会很乖地伸出双手配合,落西也很享受地在宝根身上来回比画着。

冷冰冰的家刚有了回暖,有一天,突然被宝根的哭声再次打入冰窖。

那天放学一回来,宝根便直冲乳娘的房间,气呼呼地问:“阿姆,阿姆,同学骂我是野种,真的吗?我的亲娘是不是‘典’来的!”见阿姆惊在那不说话,宝根便伏在乳娘怀里哭得肝肠断裂。他终于明白,娘为什么不喜欢自己,因为她不是自己的亲娘。他的亲娘是个下贱的女人。落西闻讯赶来,宝根猛然从乳娘怀里挣脱出来,“卟”一声把她关在外面。落西蒙了,哀戚地站在门口不知如何是好。那紧关的门,仿佛成了宝根与她之间的一道高墙,她再也无法进入宝根的世界。

几天后,宝根又去上学了。一切似乎又恢复了平静,就像什么都没有发生。只是他在家已很少说话。

落西还是像往常一样,常常坐在东房为宝根缝衣服,但她的身体远不如以前,针线活做久了,手便有些颤抖不听使唤。当针扎到手指时,她总是长长地叹一口气,然后用嘴吮一下手指,把血挤出后又开始缝制。

宝根的衣服做了一件又一件，一叠又一叠，落西不知道宝根愿不愿意穿，但为宝根做了衣服，她便是宝根的娘。

贤过世后，宝根就去了城里的洋学堂上学。

宝根进城后，穿的都是城里的洋装，他不再穿落西手缝的，又土又笨重的衣服了。

落西青丝如云的头发已稀疏花白，头上的发髻也不成型了。她所经历的爱、恨、怨都随着岁月渐渐远去。

老宅里只有垂垂老去的落西，守着光阴和宝根的一堆衣服。没有人听她絮叨，陪伴她的只有孤独和寂寞。每天，她都早早坐在门庭前，打开大门。因为门前便是通向城里的小路，她等待着宝根的身影出现。但宝根已几年没有回家了。

黄昏后，落西便坐在后院迷茫地看着日落，直到天空没有一丝光亮，所有的景物都融入一片苍茫之中。

作者简介：

陈娓，现供职于台州市人力资源与社会保障局，先后在地方外贸、文化、人事等部门工作，现任台州市级机关戏曲协会副会长、作家协会理事，曾在省级以上期刊发表文学作品多篇。

地　图

戴柏葱

郁风收拾完父亲的遗物，在家里的书房坐下，午后的阳光正懒散地照在书房里的躺椅上。父亲在世时很喜欢待在这个书房里，就是因为在冬天的时候，能不出门就可以在这里晒到太阳。假如父亲还在，此刻他一定正躺在椅子上看书，然后还会拉住郁风，给她讲书里的故事，就像郁风还小的时候那样。

郁风想起自己小时候，最喜欢和父亲一起待在书房里。父亲伏案读书写作，郁风就搬个小椅子，也拿起一本书，然后装模作样地坐在他身边看书。这时，父亲往往就会微笑着转身纠正她拿倒了的书，然后为她拉好椅子，调整坐姿。

可惜，父亲不在了，这个世界上从此再也找不到那个最爱她的男人了！

想到这里，郁风潸然泪下。

窗外，父亲最爱的那棵槐树，正开着成串的黄白色花朵，在微风里向郁风绽开笑容。

恍惚间,郁风想起父亲临走前,带在身边的那张有些破旧的地图。郁风小心翼翼地从口袋里掏了出来,把它摊平在书桌上。这是父亲最后留给她的,可惜这只是一种普通的 W 城地图,唯一不同的是,地图上很多店铺被人用红色的笔圈了出来,有药店,服装店……各种店铺无所不有,而且整张地图差不多都被圈满了。

郁风看得出是父亲的笔迹,但猜不透是什么意思。

一夜无眠。

第二天,郁风给父亲生前的很多亲朋好友都打了电话,希望能搞明白这张地图是怎么回事。可惜,问了个遍,竟然没有人知道。

郁风突然有一种强烈的预感:这张地图和父亲的死,一定有非同寻常的关系!

因为父亲是自杀的!

除这张地图外,他只给郁风留了四个字:热爱生活!

毫无头绪的郁风,决定去地图上父亲标示的几家店铺看看,希望能找到一些线索。

去的第一家店铺,叫利民药店。

远远的,郁风就看到外面围了不少人。走近了,还有激烈的争吵声。

“作为一个医者,你竟然把过期的药卖给顾客,你这是草菅人命!”

“我都说了我也没看到日期,不是故意的,而且同意换新的给你,你这个人怎么这么不讲理!”

“你肯定是故意的,你把药的吃法故意写在了有效日期上,别人根本看不清楚。要不是我打开看了里面的日期,我已经把这过期的药吃进了肚子里!要是有什么后果,你承担得起吗!我要去告你!”

“你这个人真有意思,我药店里这么多药,我哪里都记得清楚?偶尔拿错了也是有的,我都同意换给你了!你怎么这么不讲理啊!”

“我一定会去告你的!你等着!”

那人气呼呼地走远了。

“神经病啊!感冒药过期了又吃不死人!已经说了换给他,还这么吵吵,这种人早点病死了拉倒!”店里冒出另一个女性的声音。

听起来,这家利民药店的夫妻俩,都不是什么善茬。

郁风犹豫了一下,但还是决定进去打听一下。

“你好,我想向你打听一个人。他叫郁葱,五十多岁了,长得很清瘦,可能来过你们药店买药,请问你们还记得他吗?”

“来药店买药的人,每天这么多,非亲非故的,我哪里记得这么多!真搞笑!”

夫妻俩还没等郁风把照片递过去，就不耐烦地挥手示意郁风走。

郁风碰了一鼻子灰，想着这两人还在气头上，只好继续找其他的店铺。

利民药店附近，还有一家“民族风”中老年服饰店，也是郁风父亲地图上标示过的店铺。

这次，郁风吸取教训，决定假装顾客，再找机会打听。

因为临近中午，所以店铺里没什么人，郁风的出现，有些突兀。

“小姑娘，买衣服吗？是不是给家里的长辈买啊？一看就是个孝顺的孩子！”又瘦又高、满脸堆笑的老板娘迎了上来。

“我，我想给我的父亲买件中式的衬衫。”郁风没想到老板娘这么热情，一时没想好怎么回答，只好顺着她的话说。

“哟，真是孝顺啊，现在像你这么孝顺的闺女可不多了啊。不过，你真来对地方了，我这儿样式特别多，各种价格的都有。你来看看吧。”老板娘的恭维，显得有些违心，郁风听起来特别别扭。

好不容易选下了一件，白色带点素雅的装饰，一定是父亲喜欢的。恍惚间，郁风似乎忘了父亲已经过世的事情。直到快付钱的时候，才猛然醒悟。于是拿着衣服，眼泪不禁“吧嗒吧嗒”落下来。

“对不起，这衣服，我不买了。”

“你怎么回事，小姑娘？你这衣服说好了又不买，这可不行啊!”刚刚还满脸堆笑的老板娘,此刻脸色骤变。

“这衣服,我现在不想买了。而且还没有带出店门,更没穿过,为什么一定要买啊!”郁风有些生气。

“说买了就要买,你以为好玩啊!不买就别想走!”不知什么时候,收银柜台后面突然冒出一个光头的中年男人,恶狠狠地盯着郁风。

郁风蒙了一下,忘了要打听关于父亲的事情。

“光天化日之下,你想干吗?难道不买还能逼我买!”

“你以为我们这么好打发吗?你以为你年纪轻轻还能玩我们?不买你别想走!”

“……”

郁风最后还是又生气又无奈地在警察的见证下,把衣服买了过来。

似乎那警察也是认识那光头的,可能他也是想着多一事不如少一事,不过这让郁风感觉更加窝火。

带着委屈和无奈回到家,郁风在书房里痛哭了一番!

今天一天都不顺利,父亲啊父亲,你为什么这么绝情地离开了我呢?

郁风越哭越伤心,仿佛把憋在心里的所有委屈和不快,都发泄了出来!

最后，郁风决定，不管有再多的困难，也要把父亲自杀这件事弄个水落石出！

但是，寻访店铺这条路似乎已是死胡同。

好在郁风在父亲好友龚晓峰的指引下，找到了父亲生前最特别的朋友——盲人阿海。盲人阿海在W城城郊接合处，经营了一家按摩院。

当郁风见到盲人阿海的时候，内心是失落的，她不知道该如何向一位盲人诉说这张地图。

正在她默然无语的时候，一个中年男人结束了按摩，起身走了。走时，在柜台上纸盒里留下一张小纸币。

“您慢走，下回再来啊！”盲人阿海朝着中年男人出门的方向招呼道。

“好嘞！”中年男人没有回头。

郁风趁盲人阿海休息的空当，提醒他确认顾客给的钱，因为刚才那位顾客给的钱好像很少。

盲人阿海笑着说：“你让一个盲人确认钱，这就好笑了！钱少点不要紧，如果不给那就有点过分了。”

郁风于是有点明白，为什么眼前的这个盲人会是父亲的朋友了。

郁风向盲人阿海道出了来意。

盲人阿海深深叹了一口气，沉默了好一会儿才和郁风搭话。

“你父亲郁葱这个人，骨子里硬气得很，他不想做的事，你就算让九头牛来拉他，也拉不走！”

“可是他为什么选择了这种方式结束自己的生命呢？这能叫硬气吗？甚至他都没有向我交代一声！”

“他已经向你交代了。留给你的地图上，有他向你交代的一切。”

“我知道这张地图有内容，可是我搞不清楚是什么，所以才来找你的。”

“你不知道你父亲和我的故事吧？我和你说说。刚开始的时候，你父亲也只是我的一位顾客，后来时间久了就成了朋友。在我的顾客中，他是唯一一位给的钱总是超过我的定价的。他一直以为我看不见，不知道，其实，第一次多给了之后，我就知道了。后来我告诉他，你多给我钱，是不尊重我，请他收回。他笑着收回了钱，但每次还会多给，而且事后总要赖不承认。所以我也没办法，只好把这些钱另存着。”

盲人阿海一边说着，一边起身摸到柜台那儿，从柜台最下层抽屉里拿出一叠钱，放到郁风手里。

这叠钱，竟有数千元之多！

郁风有点搞不清楚状况。

“这些钱都是你父亲多给的钱，你拿好了，不拿回去，我会找到你家送过去的，如果你忍心让一个瞎子走这一趟的话！”

“你不用说什么，先听我说完。你父亲和我大部分话题都是有共鸣的，唯有对人性，看法完全不同。我觉得人性有迷障的时候，但雨过天晴，一定会有走出迷障的时候。而你父亲觉得人生来自私，人性本恶，这是无法改变的，也是让人最绝望的……”

“打断一下您，您所说的和我父亲的自杀，这有关系吗？我现在最想知道的就是这个。”

“我很遗憾，也很理解你的心情，但原本我以为你会等我说明白的。你父亲的死，其实我不明白。对不起了！如果你想搞清楚你父亲的死，我建议你把自己当成顾客，把你父亲地图上圈出来的商店，都走一遍，也许你就能发现其中的秘密了。”

郁风见盲人阿海一副再也没有要说点什么的样子了，只好起身离开。离开前，她默默把手里的钱，悄悄地又搁在了柜台上的纸盒里。

回来后，郁风一直记得盲人阿海的话，真的把自己当成顾客，把父亲在地图上标示出来的店铺，都走了一遍。

几个月之后，郁风终于明白了。

那天下午，郁风心情格外沉重。路过新华书店，郁风犹豫了很久，终于进去也买了一张 W 城的地图。

回家后,郁风也开始在地图上圈画出一些店铺的名字来。

作者简介:

戴柏葱,男,浙江永嘉人。现为中学语文教师,系永嘉县诗词、作家协会会员,著有《浮生若梦》(中国戏剧出版社)一书。曾在绍兴《野草》《作文新天地》《温州教育》《温州都市报》《语文周报》《楠溪江》《中文阅读》等各类报刊发表文学作品几十篇,有作品被选入《中国网络现代诗歌精选》(中国文学艺术出版社)等多部书籍。

第六根手指

周　玥

北京市中心广场的大屏幕上正播着著名飞行员杜哲生的个人访谈。人们渐渐放慢脚步，驻足在喧闹的十字路口，一边仰头观看一边交头议论，眼神里都闪着崇拜和尊敬的金光。

只有街对面的那个男人好像事不关己，埋头拖着行李一直往前冲。突突的晚风把行李箱上贴着的托运标签吹得翩翩起舞，就像他迫不及待回家的心情。

男人一到家，就从书房的抽屉里拿出一只锈迹斑斑的大白兔奶糖铁盒。他小心翼翼地捧到桌上打开。里面是一只老得泛黄的没有小拇指的白色手套。

一

发现王老师拎着布包最后一个从教室里走出来，赖子麻溜地从树上跳下来，跟在后头。

◎第六根手指

赖子已经在这条路上跟了王老师快一个月了,始终没查到任何有价值的线索。这是县中心小学到教工宿舍的方向,和回家的路完全相反。

远远地,他看着王老师的背影,瘦长高挑的个子,双手插在黑裤子口袋里,一身淡蓝色布衣,就像天空一样纯净明朗,真帅气。

王老师在宿舍门口的书摊前挑了一本小人书,准备付钱。他慢慢地把双手从裤袋里掏了出来。那双戴着白色手套的纤长手指,小心地剥开包裹着钱的格子手帕,捡出两毛钱。

“给。”

摊主大叔的表情有些诧异,显然是被眼前这位大夏天还戴着棉布手套的奇怪男人给吓着了,但见着伸向他的钞票,又立马回神接了过来。

“您的书,拿好……谢谢啊!”

对于陌生人的异样眼神,王老师丝毫不介意。他礼貌地点了一下头,接过书塞进了布包里。

见老师进了宿舍,赖子从对面的泥墙后“嗖”地窜了出来。

“老板,他刚买了什么书?”

大叔的魂儿还吊在那双白色手套上,半晌才看见有个小娃娃。

“喏,这本,《超音速的小飞机》。”

赖子感到奇怪,甚至在心里暗暗嘲笑这个看上去文文弱弱的书生。

回到家，赖子坐在门槛上发愁。

一个月马上就要到了，是跟踪调查的时间不对吗，否则怎么会一点头绪都没有？

一定是这样。赖子决定再去王老师宿舍看看。

还没走到宿舍门口，他看到一男一女在黄昏的路灯下拉拉扯扯。走近仔细一看，竟是王老师和一个中年妇女。女人说话的样子很是激动，说到最后竟然还哭了。

“你走吧！”

说完，王老师头也不回地关了宿舍的门。

女人崩溃地一屁股瘫在了地上，大喊了一声“哲生”！

没过多久，女人蔫蔫嘤嘤地摇晃着身子从地上站了起来，悄然落寞地消失在神秘莫测的黑夜里。

女人是谁？

据赖子的“调查”，王老师每天学校、宿舍两点一线。他没有朋友，就连逢年过节，也见不着他回家或有亲戚串门。大家都说他是个孤儿。

赖子悄悄地溜进宿舍平房，踮着脚尖，趴在王老师的窗台上，想透过报纸缝隙再一探究竟。

他看见王老师坐在小方桌边，双手从口袋里伸了出来。那双戴着白色手套的纤长细手在灯光的照射下显得格外“耀眼”，王老师就这样直愣愣地盯着那双“白色手套”翻来覆去看了好一会。

王老师的那双白色手套早就是全校公开的“秘密”了。不管春夏秋冬，他从未摘下过那双手套。这令人不得不佩服他异乎常人的忍耐力。

此时，王老师皱着眉头伸出右手，把左边的手套摘了下来，满手红点点的痱子和疤印。他又换手准备去摘另一只。

躲在窗外的赖子激动坏了。他屏住呼吸，都不敢眨眼。

可在一个愤恨又无奈的眼神之后，王老师却最终打消了摘下右手套的念头，起身走向橱柜。

原以为又要失落而归的赖子，突然看见王老师打开了柜子，四排架子上整整齐齐地摆放着十五只不同款式的飞机模型，精致漂亮。每只模型下都放着一张地图，旁边还贴着数字小标签。

二

“大懒虫来了！大懒虫来了！”

一到校门口，“小地主”程大宝就带着一帮同学起哄。

“没忘了我们的赌吧？谁输谁小狗！知道小狗怎么叫吗？叫得好，我赏你根骨头吃哦！”

程大宝刚说完，他的“小弟”们就跟着捧腹大笑起来。

“我马上就查到了，你别高兴得太早。”赖子气呼呼地推开他向教室跑去。

课间，赖子发现昨晚的那个女人又来学校找王老师了。

“你奶奶她走了！今天早上走了！”赖子听到女人哭丧着脸说。

王老师心头一震，看了女人一眼，这才注意到她右臂的黑袖套。

“人都走了，你就不能原谅她吗？”女人拽着老师的手臂说。

老师双手插着口袋，转过头去。

“妈求求你了，你要怪怪妈吧！你就去看她最后一眼吧！让她老人家能走个安心。”

王老师抬起头，眼珠子暴着红血丝，眼神凶狠得像是要吃人。他愤怒地从口袋里掏出那双戴着白色手套的手，摆在女人眼前说：

“那我呢？你们安心了！！”

女人一惊，不敢作声。

正在窥视的赖子也被吓得不轻。他从未见过老师这样，在他心里老师虽然冷漠寡言，但是一个会为学生垫付学费、无偿补习的好老师。

过了好一会，女人才小心翼翼地说：

“当年……谁也不知道。意外……就当……是意外。”

王老师瞪着眼，把那双白色手套差点贴到了她脸上。

“你看清楚，看清楚一点！”

王老师的额头瞬间爆满青筋，说完便转身离去。只留那个女人凄凄地站着。

放学后，王老师一个人坐在空荡荡的办公室里，盯着桌上的袋子发呆。

袋子是女人留下的。

里面是一只黑袖套和一盒铁盒装的大白兔奶糖。这是时下最流行的糖果，多少孩子做梦都想尝尝它的味道。大人们要攒上大半年的钱才能买上一颗来哄家里的“祖宗”。

不知怎的，王老师突然失控地像个迷路找不到家的孩子，放声痛哭起来。

“爹！娘！我有一个好消息告诉你们！”男孩手里拿着一张录取通知单，兴奋地跑进家门。

“什么好消息？”女人把男孩揽进怀里说。

男孩整了整嗓子，学着大人一本正经的口气念道：

王哲生同志：

经各项体能及素质考核，你已被光荣录取为中国人民解放军空军飞行学员，谨向你表示热烈的祝贺！望接此通知后，于一九五五年八月三十一日准时报到。

东北民主联军航空学校
一九五五年七月一日

“全校就只有三个人哦!”男孩用期盼被赞许的眼神看着父亲,说。

“不准去!”父亲狠狠地拍着桌子说,“小孩子家家的懂什么?战乱刚结束,指不定什么时候又打起来了。你是咱家唯一的香火,你要是有什么三长两短……”

男人没再说下去。他从衣兜里掏出了一支烟,抽了起来。

“祖国已经统一,新中国成立了,毛主席爷爷要培养我们。以后就不用在这大山里,小县城里了,我可以带着你们一起去北京生活,那是大城市,要什么有什么。”男孩扭着头说。

“谁说的!我看你这书不要读了!明天就回来种田!别给我整这些乱七八糟的。”

“我就要去!我就是喜欢飞行员。你们不同意,我就自己想办法去。”

“行!你奶奶同意了再说!”

“奶奶最疼我了!她一定会同意的。”

那晚,男孩很失落。他拿出枕头底下的一只纸飞机,默默地流下眼泪。这是男孩五岁生日时,爹爹折给他的。他想起平日里最爱和爹爹玩的游戏,就是被爹爹高高举起,他张开四肢感觉自己就像一只“飞机”在空中自由翱翔。

三

正在窗外偷看王老师嗷嗷大哭的赖子,不知怎么地,感到心头酸酸的。再回过神,竟发现王老师已经脱下了那双白手套。

天哪!

赖子不敢相信自己的眼睛。他用力地揉了揉眼,又看了一遍,再一遍!

只有四个手指头!他没有小拇指!!!

原来塞在右边手套里的一直是一块手指形状的泥膏!

回家路上,发现秘密的赖子一点也高兴不起来,心情反而更加沉重。为什么不趁机好好教训程一下大宝这个仗势欺人的小地主?“他欺负了我这么久,该学狗叫的应该是他!”他不想被程大宝欺负,在全校面前丢人,不然以后谁还会愿意和他玩?但他也不想王老师的“伤疤”被人发现而遭到大家的嘲笑和非议。

可是,明天就是最后期限了。到底该怎么办呢?

已是深夜。赖子在床上翻来覆去怎么也睡不着。

赖子想起村口的瘸子没了腿,讨不着媳妇,大家都歧视他。赖子有时候还会跟着一帮孩子一起去砸他家的窗户，叫他“瘸子”。

“喔喔喔……”一声长长的鸡鸣把赖子拉回了现实。

完了。天亮了。

赖子背着书包不知不觉地走到了教工宿舍。

“赖子，你怎么在这？”

“王老师！”赖子吓了一跳。

“你最近功课退步不少，贪玩了吧？”

“我……”

“周末我给你补课吧！”

赖子心头一震。

对面这个穿着淡蓝色素衣的男人，他的老师，竟然在关心一个想尽办法挖出他的秘密，并正准备将这个难堪的秘密公之于世的人。

赖子感到无比的羞愧。他决心为王老师守护这个秘密。

马上就要上课了，可是教室里还空着好几个座位，操场上却闹哄哄地围满了人。

王老师黑着脸，走出教室。

眼前，程大宝正骑在赖子身上，赖子咬着牙，一边默默地哭一边艰难地一步一步往前挪，嘴里还不时颤抖地叫着“汪……汪汪……”。程大宝实在太重了，瘦小的赖子被压得喘不过气来，好几次，赖子都挺不住，趴在了地上，飞扬的尘土弄得他满脸是泥，周围的孩子围在边上不停地拍手叫好。

“都在干什么呢！程大宝你给我下来！”

一声怒吼后，孩子们全散开了，各自跑回了教室。只剩赖子一个人瘫在地上号啕大哭。

王老师跑过去，把赖子从地上扶了起来，他拿出手帕帮他擦去脸上的灰，又拍掉身上的土，轻声说：

“男子汉大丈夫，不能哭！先回去上课。”

放学后，赖子被老师叫到了办公室，他低着头坐在老师身旁。

“早上的事是因为我，对吗？”

赖子震惊地抬起头，看着王老师的眼睛，没出声。

“老师很感动。其实你知道对不对？为什么不说呢？”

赖子又一惊，瞥了一眼王老师藏在口袋里的双手，说：“因为，老师是善良的人……”

“善良的人？”王老师深深地被这个回答刺痛了。

他想起曾经。他也相信世间都是善良的人，特别是家人。可是，那段折磨他无数个夜晚的可怕回忆，不再让他相信。

四

“说什么都不行！除非我这把老骨头死了！”

“奶奶!”

“要去也行! 从我尸体上踩过去!”

“……”

在一场不愉快的交涉后,男孩决定为自己的人生做主。他用平时攒下的零花钱和奖学金托班上的老师买好了去北京的车票。毕业之后,他就能成为真正的飞行员,实现他的梦想了。

而老人家仍然天天在家演着一哭二闹三上吊的把戏。眼看两个月的报到期限就要到了。男孩的态度丝毫没有动摇。

奶奶只好在临行前一晚,趁男孩睡着,把他锁在了屋子里。

第二天一早,男孩却不喊不闹,屋里安静得诡异。一开门才发现,窗户破了,男孩逃走了。

男孩坐在村口即将出发的汽车上,虽然心中无限地不舍家人,但他更想去追寻他的梦想。

“哲生! 等一等!”

车窗外,爹娘喘着气正朝他跑来,后面跟着拄着拐杖蹒跚而来的奶奶。

“下来吧! 都要走了! 和奶奶好好道个别。”奶奶红着眼,泪水填满了眼角的皱纹。

男孩下了车。奶奶一把将男孩拉到跟前,摸完脸,又摸手臂,最后不舍地握着男孩的手伤心地说:“奶奶舍不得你啊!”

见到奶奶如此憔悴和落寞的面庞，男孩有些为自己的固执感到惭愧。

“奶奶，我会回来看您的……您放心。”

谁想，话音未落，奶奶突然张大了嘴，拉拽过男孩的右手，塞进了嘴里。

男孩吓傻了，根本来不及反应。

一阵撕心裂肺的剧痛和哀号声后，男孩看着满嘴鲜血的奶奶和自己血淋淋的右手，晕了过去。

断指后，男孩没有放弃四处求医，可是他再也不完整了。他心想只要能看见飞机就好，转而去考航空大学，可是高昂的学费让他望而却步，只能在每年录取征兵的那个日子买一架飞机模型来寻求安慰。

“奶奶为了不让我去北京当飞行员，活生生咬掉了我的小拇指。”王老师摘下白色手套，摸着右手断指处，说。

赖子被这个真相吓坏了，他不知道该说什么。

“她毁的不仅是我的身体，还是我的梦想。”

赖子不解地看着他。

“你知道什么是梦想吗？”

赖子摇摇头。

“我永远都去不了了。”他看着窗外蔚蓝又广阔的天空说。

赖子朝王老师看的方向望去,他这才明白王老师钟爱一身“蓝衣”的意义。于是,他怯怯地伸出自己的右手,把大拇指放在王老师断了的“小拇指”的位置。

“老师,我可以……我可以做你的第六根手指。”赖子一脸认真地看着王老师说。

王老师看着小小的手指努力地在大手上寻找贴合的角度,湿了眼眶,心中无比温暖。

他深深地被眼前这个男孩的举动打动了。他拿出抽屉里的剪刀,把右手手套的小拇指剪去,放进了大白兔奶糖的铁盒里,递给赖子。

“我把我的梦想送给你,希望你有一天能实现。”

“其实我原名叫杜赖,我能有今天要感谢我的小学老师。我实现的不仅是振兴中华的‘中国梦’,这是我的梦想,也是他一生的梦想。”

客厅电视里,著名飞行员杜哲生对主持人说完,举起右手,向镜头敬了一个四十五度的礼。

“这个礼,我送我的老师,我知道您一定在看。”

男人看着电视拨通了电话。

“喂,老师,是我。”男人激动地说。

“我正看你的新闻呢！和你师母说你是我学生，她还不信。”电话里的老人已口齿不清，但话语间都是骄傲与欣喜。

“老师，谢谢您！”男人哽咽着说。

“是我该谢谢你！这句谢谢迟到了几十年。”

挂了电话，老奶奶走到老爷爷身边，轻轻地握着他断指的右手，相视一笑。

他们依偎在舒服的沙发里，安然地享受着这宁静又美好的仲夏之夜，这个正让无数迷失自我和方向的人们重新燃起梦想的夜晚。

作者简介：

周玥，浙江金华人，1991 年生，中国诗歌学会会员、金华市作家协会会员，入选浙江省第五批“新荷计划青年作家人才库”。曾从事新闻工作，现为金华市文联《金华文艺》文学季刊编辑。曾获“婺州杯”全国儿童文学大奖赛二等奖。